화畫요일의 티타임

서른 편의 차·그림·신화 이야기

畵 화요일의 티타임

노시은 지음

이른아침

프롤로그

내가 사랑하는 것들

스누피, 흰 구름이 떠다니는 파란 하늘, 여행, 소설쓰기, 봄의 연둣빛, 티타임, 긴 산책, 한여름 늦은 오후의 아주 차가운 샤도네이, 공원, 꽃향기, 석양, 바닷가, 미술관이나 박물관에서 폐장시간까지 거닐기, 깊은 산속, 기차 바깥 풍경, 그림 그리기, 탭댄스, 공상하기, 장작 타는 소리, 낙엽 태우는 냄새, 옛날이야기, 책 냄새, 펜이 종이 위에서 사각거리는 소리, 입안에서 사르르 녹는 달콤한 케이크, 다크초콜릿……

나는…
하루에도 몇 번이고 찻잔 곁에 머무는 사람.
일단 미술관에 들어가면 문 닫을 때에나 나오는 사람.
옛날이야기라면 자다가도 벌떡 일어나 듣고야 마는 사람.

그러니까 처음 시작은 내가 찻잔 곁에 머무는 동안 그 시간의 틈새로 비집고 들어온 그림과 옛날이야기에 대해 써보자는 것이었다. 결국 그 모든 건 내가 사랑하는 것들이고 자고로 좋은 건 널리 알려야 제맛이니까.

패기 넘치게 시작했고 작업도 즐거웠지만 정말 책이 나오기로 하고 계약서에 서명까지 마치자 덜컥 겁이 났다.

차 마시기 좋아하는 사람이 얼마나 많은데.

그림에 대해 조예가 깊은 사람들은 또 어떻고.

신화는 인류의 근원을 품고 있는 옛날이야기들인데 함부로 이러쿵저러쿵해도 될까?

심장이 쿵쾅쿵쾅 평소보다 빨리 뛰기 시작했다.

심신안정을 위해 아끼는 대홍포를 한 봉지 털어서 뜨거운 물을 붓는다. 특유의 달달하면서도 묵직한 향기가 공기 중에 퍼진다. 불그스름한 갈색 빛깔의 맑은 찻물을 감상한 뒤 한 모금 마신다. 따스한 느낌이 입 전체를 적시고 목구멍으로, 식도로, 위장으로 그렇게 내 안 깊숙한 곳으로 들어오자, 심장박동수가 원래대로 돌아왔다.

차를 마시는 걸 즐기는 건 복잡하게 꼬여버린 생각의 회로가 풀리도록 도와주기 때문이다. 그림 보는 걸 좋아하는 건 그걸 그린 작가의 의도를 느껴보는 재미와 내 삶과 연결시켜 하나의 추억으로 저장할 수 있기 때문이다. 신화를 흥미로워하는 건 그 오래된 옛날이야기를 통해 인간의 의식과 무의식을 꿰뚫는 통찰력을 기를 수 있기 때문이다.

다시 내가 찻잔 곁에 머무는 동안 그 시간의 틈새로 비집고 들어온 그림과 옛날이야기에 대해 써보자는 처음 시작점에 대해 환기할 수 있었다. 내가 사랑하는 것들과 함께했던 좋았던 시간들을 공유하고 싶다는 생각을 말이다.

하늘은 청명하고 구름은 솜사탕처럼 보드랍다. 헤르메스가 짠~ 하고 나타나 크로키를 앞세워 따라오라고 손짓한다. 차도 다 마셨으니 이제 그를 따라나서야겠다. 혹시나 하는 마음에 얼굴을 살피니 망자들을 아케론 강으로 데리고 가는 자못 심각한 얼굴이 아니라 싱글싱글 웃는 얼굴이다. 안심하고 따라가야지. 가는 길에 재미있는 옛날이야기 있으면 한 자락 들려달라고 졸라봐야겠다.

2017년 10월
노시은

:: 차 례

차 마시기 좋은 때

마음과 손이 한적할 때
독서와 시 읊기에 지쳤을 때
마음이 어수선할 때
가곡을 들을 때
노래가 파하고 가락이 끝났을 때
문을 닫고 바깥일을 피할 때
북 치고 거문고를 타며 그림을 볼 때
깊은 밤 함께 이야기를 나눌 때
밝은 창가 깨끗한 책상을 마주할 때
깊숙한 방이나 아름다운 누각에 있을 때
손님과 주인이 서로 정성스럽고 친할 때
아름다운 손님이나 작은댁이 있을 때
벗을 방문하고 갓 돌아왔을 때
바람이 불거나 화창할 때
조금 흐리고 보슬비가 내릴 때

작은 배에 몸을 싣고
울창한 숲과 대밭에서
꽃을 가꾸고 새를 보살피다가
연못가 정자에서 더위를 피할 때
고요히 향을 사를 때
술잔치가 끝나고 손님과 헤어졌을 때
아이들이 서당에 갔을 때
맑고 그윽한 사원을 찾아갔을 때
좋은 샘과 기이한 돌을 만났을 때

−허차서, 『다소』(1602) 중에서

:: 레이디 고디바(Lady Godiva) | John Collier, c.1897

#01_대차18호
어느 붉은 결연함을 떠올리다

조금 앓았다. 몇 가지 큰일을 치른 뒤의 일이었다. 극도의 긴장이 지나가자 나의 몸은 조용히 쉼을 종용했다. 열이 났고 뼈마디에 힘이 없었다. 근육들이 아프다고 고통을 호소했다.

그렇게 며칠은 아무것도 할 수 없었다. 잡혀 있던 모든 약속을 취소했다. 미안하다는 말을 참 많이 했다. 어쩔 수 없었다. 그저 병원에서 준 약을 먹으며 의사가 지시한 대로 푹 쉬는 것 외에는 방법이 없었으니.

덕분에 참 많이 잤다.

약 때문인지 자도 자도 계속 졸렸고, 졸리면 그냥 잤다. 낮에 잠들었다가 어두워졌을 때 일어나 약을 먹고 또 아침이 올 때까지 잤다. 그런데도 몸은 낫지 않는 것 같아 조금 걱정이 되기 시작했다. 약이 떨어졌으니 다시 병원에 가야지, 생각하다 까무룩.

얼마나 잠들었던 것일까. 적당히 차가운 바람이 피부에 와닿는 느낌이 상쾌하다 느끼며 일어났다.

벌써 오후 네 시로 향해가는 시간이었고 몸이 회복되었음을 알 수 있었다.

그야말로 스프링처럼 튀어 올라 물을 올리며 무슨 차를 마실까 고민하기 시작했다.

'홍차여야 해, 뭔가 상쾌한 느낌이 드는 그런 홍차!'

그리하여 낙찰된 녀석은 대만 출신의 대차18호.

건차에서부터 신선한 향기가 폴폴 올라와 기분이 좋아진다. 나 대엽종이요, 웅변이라도 하듯 길이가 길쭉길쭉했던 건 즐거운 놀라움.

대만 출신이니 대만 개완에 우리기로 한다. 그에 어울리는 빈티지 잔도 하나 고른다.

예열을 해준 뒤 차를 우리기 시작한다. 뜨거운 물이 건차에 닿음과 동시에 정말 순식간에 우러나서 물을 부으면서도 저거 어서 빨리 공도배로 빼야겠다 싶어 마음이 바빠진다. 착착 재빠르게 움직여 잔 속에 차를 담았다. 홀짝홀짝 마시니 뭔가 청명한 느낌으로 다가오는 가을의 바람과 너무나도 잘 어울려서 기분이 높아진 하늘을 따라 붕 떠오른다. 아무래도 시원한 대만 특유의 풍운과 내가 느끼는 상쾌함이 잘 맞아 떨어졌기 때문이리라.

차만 마시자니 허전한 기분이 들어서 냉장고를 뒤져 다크 초콜릿 한 조각을 보셔왔다. 무려 카카오 함량 82%에 달하는 쌉싸래함이 일품이신 몸이다. 그 위에 선명하게 찍힌 고디바라는 단어를 한참 들여다보다가, 곧장 그림 한 점을 떠올렸다.

고디바는 영국 코벤트리의 레오프릭 영주의 부인이었다. 무리한 전쟁으로 막대한 세금을 걷으려는 왕과 그 왕에게 잘 보이려는 남편의 과한 세금 징수로 인한 백성들의 고통을 알게 된 그녀는 남편에게 세금을 삭감해 백성들의 짐을 덜어 달라고 간청한다. 하지만 권력에 대한 야망

대차 18호는 타이완 중부 일월담 호수 주변에서 생산되는 홍차로 찻물이 붉고 맑아 홍옥이라 불린다. 서양에서는 '루비Ruby'라는 이름으로, 우리나라에는 일월담홍차라는 이름으로 알려졌다. 미얀마 대엽종과 대만 야생종을 교배해 50여 년의 실험 끝에 정식 품종으로 인정받았으며 대만 특유의 풍운을 강하게 느낄 수 있다.

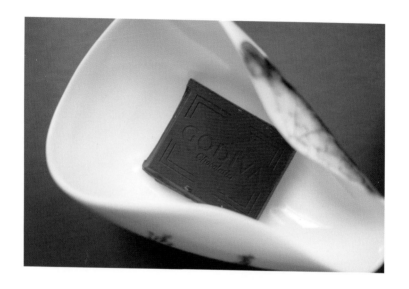

이 훨씬 중요했던 남편은 일언지하에 거절하고 만다. 그럼에도 불구하고 계속 이 상황이 마음에 걸렸기에 고디바는 멈추지 않고 남편을 설득하려 한다.

부인의 고집이 쉽사리 꺾이지 않을 것임을 알게 된 남편은 어떻게 그녀를 멈출 수 있을까 고민하다가 만약 그녀가 실오라기 하나 걸치지 않은 채 마을을 한 바퀴 돌면 청을 들어주겠다고 제안한다. 당연히 할 수 없을 거라 생각하고 내놓은 제안이었으나 백성을 사랑하는 마음이 컸던 고디바는 그렇게 하겠다고 대답해버린다.

이 소식이 퍼지자 감동한 마을 사람들은 그녀의 명예를 지켜주기 위해 그녀가 약속을 이행하기로 한 시각에 모두 창문까지 다 걸어 잠그고 내다보지 않았다. 또한 누구도 그 일에 대해 입방아에 올리지 않았으며 영주는 울며 겨자 먹기로 약속을 지켜 세금을 삭감해줬다고 전해진다.

영국의 코벤트리에 가면 고디바의 동상이 서 있다. 그런데 고디바 부인의 고결한 희생에 감동한 것은 코벤트리 사람들만이 아니었다. 벨기에의 한 초콜릿 장인이 고디바 부인의 고결한 정신을 영원히 기리고자 '고디바'라는 브랜드의 초콜릿을 런칭하기에 이르렀고, 지금까지도 그 명맥을 이어오고 있는 것이다.

고디바 부인의 이야기는 꽤 유명했던지 다른 예술가들도 그녀의 고귀함을 표현하기 위해 작품을 그렸다. 그중에서도 내가 존 콜리어의 작품을 떠올린 건 그림을 압도적으로 지배하는 붉은 빛깔 때문이다. 그녀의 신분을 타나내기도 하는 금빛 사자로 장식된 말에 입힌 붉은 포와, 내가 차를 마시는 붉은 팥색 위에 금박으로 장식된 앤틱 데미잔의 느낌이 잘 어우러진다. 홍차의 붉은 빛과도 잘 어울리고 내 빨간 책상의 붉은 빛과도 잘 어울린다. 백마를 장식하는 금색은 흰 바탕에 둘러진 개완의 금박과 매칭된다. 고디바 부인의 머리카락은 다크 초콜릿 색깔과 닮았다.

한 입 베어 물자 쌉싸래한 맛이 입안 가득 퍼져 나간다. 고디바 부인이 자신의 좋은 뜻을 무시하는 남편의 의지를 꺾고자 실오라기 하나 걸

치지 않고 말에 올라탔을 때 이렇게 씁쓸한 기분이 들지 않았을까.

호로록 차를 한 모금 머금었다. 그러자 숨어 있던 초콜릿의 달콤함이 스르르 떠오르면서 대차18호의 상쾌한 시원함과 만나 독특한 맛을 낸다. 마을 사람들의 배려로 개미 한 마리 얼씬거리지 않는 거리를 돌면서 그녀는 조금씩 이제 남편이 자신의 뜻을 굽히고 그녀의 제안을 들어줘야만 할 거라는 기분에 승리의 달콤함을 느끼기 시작했을 것이다. 하지만 아직 완벽히 이행된 것은 아니었으므로 복합적인 심경이었겠지.

그런데 정말 마을 사람 그 누구도 그녀를 보지 않았을까?

한번쯤 궁금하셨을 분을 위한 희소식(?)!

그날 단 한 사람, 양복재단사였던 톰만이 몰래 커튼을 들추고 고디바 부인의 매혹적인 자태에서 눈을 떼지 못하며 훔쳐봤다고 한다. 하지만 사안이 사안이니만큼 분노한 신들이 즉시 그의 눈을 멀게 하는 벌을 내렸다고. 여기서 파생된 영어 표현이 바로 엿보는 걸 좋아하는 사람이나 관음증 환자를 일컫는 '피핑 톰Peeping Tom'이다.(물론 이 톰을 주제로 그린 그림들도 있다.)

그녀의 고결한 행동이 지금에 이르러서도 칭송받듯이, 차는 우려도 우려도 계속 제 맛을 내며 나를 기쁘게 해준다.

마침내 찻잎이 제 성분을 다 내주었음을 알게 되었을 때 살펴본 엽저는, 대엽종이라는 이 차의 정체를 더욱 확실하게 각인시킨다. 불그스름한 색은 대차18호가 홍차라는 사실을 말해주는 것이다.

차를 다 마시고 나니 몸이 한결 좋아진 것 같다. 어쩌면 고디바 부인의 결연함으로 파생된 좋은 기운을 받은 덕분인지도 모르겠다.

더 이상 아프지 않아 다행이다. 털고 일어나자. 미루었던 약속을 다시 잡자.

이제 정말 가을이고 시원한 바람이 분다.

그렇게 홍차 마시기 좋은 계절이 돌아왔다.

:: 프로메테우스(Prometheus) | Gustave Moreau | 1868

#02_노백차

지친 신들을 위한 차 한 잔

한 사내가 분노에 찬 표정으로 반대편을 응시하고 있다. 그의 머리 위로는 작은 불씨 하나가 떠 있고 결박당한 손 옆에 독수리가 피를 뚝뚝 흘리고 있다. 녀석은 막 남자의 간을 쪼아 먹은 참이다. 약이라도 올리려는 것인지, 남자를 올려다보는 표정이 아주 얄밉다. 반대편에는 날개가 남자에게 짓밟힌 독수리도 한 마리 보이는데 눈빛을 보아하니 이미 죽음과의 입맞춤을 끝낸 뒤다. 남자를 결박하는 쇠사슬을 고정하는 기둥이 하나 서 있을 뿐, 주변 환경은 온통 가파른 돌산으로 참 척박하다.

대체 남자는 누구이고 독수리는 왜 죽어 있거나 남자의 간을 쪼아 먹은 것일까? 또한 남자는 왜 고통스러워하기는커녕 분노의 눈빛을 한 채 허공을 응시하고 있을까? 이 모든 물음표에 대한 답은 그림의 제목에 숨어 있다.

이 그림은 구스타프 모로가 그린 〈프로메테우스〉다.

고대 그리스 신화에 의하면 흙으로 인간을 빚어낸 것은 프로메테우스였다. (그 형상에 아테나가 영혼을 불어넣었다고.) 그는 거인족인 티탄족이었는데 이들은 올림포스 신들과의 전쟁에서 패한 뒤 제우스의 지배 하에 살아야 했다. 형인 아틀라스는 하늘을 떠받들고 있으라는 벌을 받았고, 동생 에피메테우스와 프로메테우스는 지상의 생물들에게 생존에 필요한 능력을 나눠주라는 명령을 받았다. 그런데 성질 급한 에피메테우스가 서둘러 일을 처리하다 보니 인간에게 줄 것이 하나도 남지 않게 되었다고 보고했고, 인간에게 각별한 애정을 가지고 있던 프로메테우스는 고심 끝에 올림포스에서 불을 훔쳐다가 주기로 결심했다.

그 덕분에 인간은 추위나 다양한 위험으로부터 자신을 보호할 수 있게 됐음은 물론, 불을 이용해서 도구를 만드는 등 인간 스스로의 문명을 일으켜 비약적인 발전을 이룰 수 있었다.

한편, 이 사건으로 제우스의 진노를 사게 된 프로메테우스는 대장장이의 신인 헤파이스토스가 만든 튼튼한 쇠사슬로 카우카소스 바위산에 묶여, 제우스의 심벌인 독수리에게 매일 간을 쪼아 먹히는 형벌을 받게 됐다.

인류를 사랑한 죄로 척박한 곳에서 형벌을 받느라 고생 중인 프로메테우스의 그림을 보고 있자니 노백차를 진하게 우려 한잔 건네고 싶어진다. 약성 좋은 이 차를 마시면 상처가 아무는 데도, 마음을 다스리는 데도 도움이 되지 않을까. 자연스럽게 백차 전용 자사호를 꺼내어 준비했다. 넉넉한 크기의 공도배를 꺼내고 좋아하는 흑유잔도 꺼냈다. 그러고 보니 프로메테우스가 불을 가져다 준 덕분에 인간이 자사호를, 흑유잔을 구울 수 있게 됐으리라.

그는 헤라클레스가 자신을 구해줄 때까지 무려 삼천 년이나 그 형벌을 받게 된다. '앞서 아는 자'라는 뜻의 이름을 가진 프로메테우스는 아

노백차는 말 그대로 오래 묵힌 백차다. 최소 3년 이상 지나면 노백차의 칭호를 부여받을 자격이 있다. 중국에는 1년 된 백차는 차요一年茶, 3년 된 백차는 약이며三年藥, 7년 된 백차는 보배七年寶라는 말이 있다. 백차는 그만큼 시간이 지날수록 강한 약성을 지니게 되는 차다. 한약 같은 맛과 찻물 색이 짙어지는 특징이 있다.

마도 인류에게 불을 가져다줌으로써 자신에게 무슨 일이 생길지도 알고 있었을 것이다. 그러니 그 긴 시간 동안 얼마나 많은 생각들이 그의 머릿속을 헤집고 다녔을까.

슬펐다가 화가 났다가 어이가 없어 웃음이 나왔다가 체념했다가 황당했다가…….

날이 거듭될수록 처음에 독수리가 간을 빼먹기 위해 자신의 피부를 강하게 쪼아 찢던 순간의 고통은 점차 무뎌졌을 것이다.

아마도 구스타프 모로의 그림은 결박당하고 천 년쯤 지난 뒤의 모습을 그린 게 아닐까 짐작된다. 프로메테우스도 이 형벌이 익숙해진 것이다. 심지어 잠시 한눈을 판 독수리를 결박당한 상태에서도 재빨리 낚아채어 복수를 할 수 있을 정도로 말이다. 아무리 '미리 아는 자'라지만 이천 년 뒤에 헤라클레스가 자신을 구해줄 거라는 사실에까지는 아직 혜안이 미치지 않은 상태다. 그러니 자신의 처지에 화가 났을 법도 하다.

프로메테우스의 성난 눈을 들여다보다가 문득 신농씨 이야기를 떠올렸다.

중국 신화에 등장하는 신농씨는 그 자신이 태양의 신으로 불의 관리자였다. 인간에게 농업을 가르쳐 민생고 해결을 위해 애썼을 뿐만 아니라 의약의 창시자이기도 한 그는 매일 백 가지의 풀을 먹었다고 한다. 오장육부가 들여다보이는 투명한 몸을 가졌기에 먹은 풀이 어떻게 몸에 작용하는지를 관찰하면서 인간이 먹을 수 있는지 없는지를 가려냈다. 그런데 어느 날 일흔두 가지의 풀을 맛보고 몸에 독이 퍼져 솥에 물을 끓이고 있었는데, 바람에 날려 온 어떤 잎사귀가 솥에 빠졌다. 그 성분이 우러난 물을 마시니 해독이 되어 하던 일을 계속할 수 있었다고. 알고 보니 바람에 실려 왔던 잎사귀가 찻잎이었던 것! 그렇게 해서 집대성했다는 자료가 지금도 전해지는 『신농본초』다.

엄밀히 따지면 중국 신화에서 불을 인류에게 전한 이는 수인씨라고 한다. 하지만 자신을 희생했다는 점에 있어서는 신농씨가 프로메테우스에 더 가깝다. 프로메테우스가 형벌을 감수하고 불씨를 가져다줌으로써 인류의 문명을 깨우치게 했다면, 신농씨는 농경으로 문명을 일으켰을 뿐만 아니라 몸에 독이 퍼져 자신의 목숨을 위태롭게 하면서까지 인류가 먹을 수 있는 풀을 발굴해냈다. 게다가 그 과정에서 차라는 요물(세계사에서 차 때문에 일어난 수많은 사건 사고들을 생각해보라!)을 발견, 인류에게 소개한 셈이다.

백차가 사람들에게 차로 음용되기 이전에는 약방의 약재로 쭉 사용되어왔던 것을 생각하면 신농씨 몸에 퍼졌던 독을 해독시켜 준 것도 혹시 백차가 아니었을까, 내 멋대로 추측해본다. 몇 년이 지났는지도 모르는 노백차는 자사호 속에서 처음부터 붉은빛이 강하게 우러난다. 향긋하면서 달콤한 느낌의 보통 백차와는 다른, 몸에 좋을 것 같은 향과 맛을 지녔다. 하지만 자사호와 흑유잔을 만나면서 오랜 세월을 지나며 생긴 뾰족하고 거친 맛들이 부드럽게 깎여, 본래 가지고 있던 향긋하고 달콤한 느낌에 진득함과 묵직함까지 기분 좋게 더해진다.

실제로 백차는 해열과 심신안정 작용이 탁월한 차로 알려져 있다. 지금 분노에 가득 찬 눈빛을 하고 있는 프로메테우스에게 헤라클레스가 그를 구하러 오기까지 기다리는 동안 필요한 것도 분기탱천한 화를 낮출 수 있는 노백차 한잔이 아닐까.

자사호의 찻잎은 이미 제 성분을 다 내어준 것 같지만, 나는 있다가 밤에 엽저들을 꺼내어 솥에 넣고 약한 불로 달일 생각이다. 그럼 신기하게도 찻잎은 솥뚜껑이 작게 달그락거리며 약한 김을 내뿜는 동안 자신의 몸에 남은 마지막 기운도 다 꺼내어 물에 녹여낼 것이다. 중국 마트에서 냉큼 집어온 얼음설탕도 세 알 빠뜨릴 생각인데 그렇게 하면 달콤하면서도 약효는 더 좋아진 차로 마실 수 있다.

양치질 열심히 한 뒤 따뜻해진 몸으로 푹 잠들 수 있는 건 덤.

:: 다나에(Danaë) | Gustav Klimt | 1907

03_전홍
황금비에 젖다

아침에는 분명 파이팅이 넘쳤는데 갑자기 나른함이 몰려오는 오후 네 시. 차를 마시기로 한다. 찻장을 뒤지다가 덜컥 황금잔부터 잡았다. 그럼 차는 뭘 마실까, 전홍이 좋겠구나. 작년에 베이징 마렌따오 차 시장에 홀로 갔던 적이 있었다. 여기저기 배회하다 불쑥 들어간 가게에서, 이런 차 저런 차 마셔보다가 고급 전홍을 보여 달라고 해서 맛본 뒤 가져온 것이다. 자연스럽게 홍차 마시는 자사호도 꺼냈다.

그저 정신 좀 차리려던 것뿐인데 그렇게 본격적인 티타임이 시작되었다.

자사호를 꺼냈으니 물은 넉넉하게 끓여야지. 차판을 사용할 것인가, 그냥 건포로 할 것인가. 그런 사소한 몇 가지들을 생각하고 있노라니 나의 오후를 침공해왔던 졸음의 공격도 수그러들었다. 나의 작고 빨간 책상 위에 찻상을 차리고 정성들여 차를 우려서 홀짝홀짝 마시자, 마침내 정신이 또렷해지기 시작한다.

금빛 잔에 담긴 붉은 전홍의 색깔은 너무나도 탐스럽고 몽환적이다. 주변을 둘러싼 전홍 특유의 상큼한 향기도 얼마나 기분이 좋은지.

지금 이 순간에 딱 어울린다며 스르르 떠오른 그림 한 점.

〈다나에〉.

여러 버전이 있지만 구스타브 클림트의 작품을 가장 좋아한다.

　다나에는 아르고스의 왕 아크리시오스의 딸이었다. 어느 날 왕은 다나에가 아들을 낳을 것이고 그 아이가 자라 자신을 죽이리라는 무서운 신탁을 받는다. 이 심란한 신탁 때문에 아크리시오스는 고뇌와 번민에 휩싸이게 된다. 그러다가 낸 묘안이 자신의 딸을 바다 한가운데 있는 작은 섬에 청동 탑을 세운 뒤 가두어 그 어떤 남자도 만날 수 없도록 철저하게 감시하는 것이었다.

　무심한 세월이 흐르고 흘러 다나에는 아름다운 처녀로 성장했다. 그리고 긴 세월 동안 그녀에 대한 소문의 말은 수차례 천리를 달리고 달려 제우스의 귀에까지 이르게 되었다. 청동 탑에 갇힌 아름다운 미녀 다나에의 이야기를 들은 제우스는 즉시 그녀를 만날 계획을 세운 뒤 서슬이 퍼런 무서운 마나님 헤라의 감시를 피해 그녀를 만나러 간다.

　미녀를 유혹하기 위해서라면 각종 변신도 마다하지 않는 제우스가 감시가 삼엄한 철옹성 같은 청동 탑을 뚫고 다나에를 얻기 위해 선택한 방식은 황금비였다. 그 어떤 견고한 성에도 작은 빈틈이 있기 마련이란 점을 이용한 탁월한 책략! 물론 그는 신이니까 없던 틈새도 만들 수 있었겠지만. 아무튼.

　붉은 머리가 탐스러운 다나에가 침대에 웅크리고 잠들어 있다. 천장의 틈새로 황금비가 쏟아져 내린다. 제우스가 변신해 내리는 그 비는 다나에를 쾌락으로 흠뻑 적신다. 그녀의 얼굴에 드리운 미소와 홍조가 이 순간의 분위기를 다 말해주는 것 같다.

이 그림이 공개됐을 때 너무 야하다고 비난을 받기도 했단다. 어떤 딸이 그런 무시무시한 신탁의 내용을 알면서 순순히 자신을 쾌락에 맡겼겠느냐며 지탄하는 목소리도 있었단다. 하지만 나로서는 처음에 아무런 배경지식 없이 이 그림을 봤을 때 제목이 '달콤한 낮잠' 정도가 아닐까 상상했다. 도대체 어떤 꿈을 꾸고 있기에 저런 세상 편하고 행복한 표정을 지을 수 있을까 생각했던 것. 그리고 나중에 배경지식과 그림을 둘러싼 논란에 대해 알게 됐을 때에는 사람들이 참 잔인하다는 생각이 들었다.

청동 탑에 갇힌 다나에는 얼마나 힘들었을까. 아름다운 처녀로 성장한 그녀의 바깥세상에 대한 열망은 얼마나 강렬했을까. 바람이 실어다 준 달콤한 남녀의 사랑 이야기들로 얼마나 많이 상상의 나래를 펼쳐왔을까. 그러다가 결국 제우스가 황금비라는 형태로 그녀의 눈을 띄워준 것이다. 솔직히 그게 옳다는 이야기는 아니다. 신화 속 제우스의 캐릭터가 바람둥이니 그저 있는 그대로 받아들일 뿐. 어쨌든 다나에는 신의 아이를 품게 되고 페르세우스를 낳는다.

이제 아크리시오스는 제정신이 아니다. 신탁대로 무언가 진행되고 있는 이 불길함. 하지만 금지옥엽 딸내미가 낳은 손자가 어찌 예쁘지 않을쏘냐. 자신의 생명을 부지하기 위해 죽일 것인지 말 것인지 깊이 고민하다가 차마 그럴 수 없다며 딸과 손자를 상자에 넣고 바다로 던져버린다. 그들의 운명을 신의 손에 맡긴 것이다. 물론 제우스는 비록 한

때였으나 자기가 사랑했던 여인과 핏줄인 아들을 져버릴 생각이 없었다. 형 포세이돈에게 바다를 잠잠하게 해달라고 해서 모자는 무사히 세리포스 섬에 도착했고, 그 섬의 왕족에게 발견되어 보살핌을 받는다.

페르세우스는 무럭무럭 훌륭한 청년으로 자라고 때마침 아크리시오스가 주최한 원반 경기에 참여하게 된다. 그리고 그가 던진 원반이 아크리시오스에게 날아가는 바람에 신탁이 이루어졌다는 이야기.

참 신기한 사랑의 레퍼토리를 가진 신화라는 생각이 든다.

다소 기이하지만 다나에와 제우스의 사랑이 있고, 신탁을 듣고 그것에 저항할 수 있음에도 불구하고 딸과 손자를 향한 사랑 때문에 차마 그러지 못하고 최후를 맞이한 아크리시오스의 사랑이 있다. 어쩌면 다나에는 자신을 청동 탑에 가둔 것도 모자라 아들과 함께 상자에 넣어 바다로 던져버린 아버지를 평생 원망했을지도 모른다. 혹은 둘이 충분한 대화를 통해 어쩔 수 없는 상황이라는 점을 인정한 상태에서 일어난 일일까?

자사호에서 우러나 공도배를 거쳐 그림 속의 제우스가 변신한 황금비와 같은 색깔로 빛나는 잔 속으로 또르르 떨어지는 다나에의 탐스러운 붉은 머리카락 같은 전홍을 마시며 생각에 잠긴다.

그게 무슨 상황이든 인간의 편에서 생각해보면 그 어떤 일도 그들이 원하는 혹은 계획했던 대로 일어난 일은 하나도 없다. 반면 '운명'이라

전홍은 중국의 운남 지방에서 나는 홍차의 총칭이다. 어린 황금빛 싹이 섞여 있는 특징이 있으며 찻잎은 검고 윤기가 흐른다. 고수차, 과립형 차 등 다양한 형태로 생산된다. 본래 찻물은 맑고 진한 붉은색을 띠는데 황금빛 싹이 많을수록 탁해질 수 있다. 운남성 고유의 향이 매력적이다. 기문홍차와 더불어 중국의 가장 대표적인 홍차다.

고 생각할 수 있는 '신탁'은 그대로 일어났다.

마치 나의 삶이 내 마음대로 이끌어지지 않고 제멋대로 움직이는 것과 비슷하다. 그렇다면 나에게도 어떤 신탁이 정해져 있는 것일까? 그럼 나에게 내린 신탁은 뭘까?

딱히 대답해줄 사람도 없다는 걸 알면서 자주 묻는 질문의 레퍼토리가 이어진다. 그러다가 내린 결론.

황금비로 내려 다나에를 흠뻑 적시고 사라진 제우스와 달리 나의 황금잔은 깨뜨리지 않는 한 내 곁을 지킬 것이고 몇 번이나 우렸지만 여전히 향기롭고 근사한 맛을 내주는 탐스러운 붉은빛의 전홍도 넉넉하게 사두었으니 한동안은 안심이다.

어디 그뿐인가, 애초에 다나에 같은 미인으로 태어나질 않았으니 그녀처럼 기구한 인생을 살지 않아도 된다는 사실에 안도하고 감사하며 살자!

그림 속 다나에마냥 홍조 띤 얼굴로 만족스러운 결론을 내린 뒤 다시 기운을 낼 수 있었던 어느 오후의 티타임.

:: 비너스의 탄생(The Birth of Venus) | Alexandre Cabanel | 1863

04_밀운홍차
아름다운 그녀를 닮은 아름다운 홍차

굉장히 특별한 이유가 있었던 건 아니다. 다른 여느 날처럼 적절한 온도와 햇살이 있었고 하늘은 푸르렀다가 잿빛이었다가를 반복했다. 갑자기 조금 더 특별한 하루를 만들고 싶다는 기분이 들었다. 되도록 가벼운 몸으로 나서는 산책길이었지만 이번에는 가방에 다구와 뜨거운 물을 가득 채운 보온병, 차에 곁들일 초콜릿, 깔고 앉을 돗자리 같은 것들을 바리바리 챙겼다. 찻잎은 부서지지 않게 단단한 틴 케이스에 넣었다. 가방의 무게에 땀방울이 주르륵주르륵 흐르고 허리는 대체 나에게 왜 이러느냐며 한숨을 내쉬었지만 발걸음은 가벼웠다.

마침내 차를 마시면 좋겠다고 봐뒀던 자리에 도착했다. 다부지게 접혀 있던 돗자리를 펴고 깨지지 않도록 곱게 쌌던 다구들을 하나씩 풀어서 세팅한다. 산책에 동참했던 모친은 그깟 찻잎이 든 봉투를 자르겠다고 가위까지 챙겨왔느냐며 고개를 흔들었다. 하지만 어쩌랴, 챙겨온 밀운홍차는 단총을 원료로 만든 것이고, 단총은 굉장히 예민한 성정을 가져서 부서지거나 거칠게 우리면 쓰고 떫은맛을 뱉어내는 것을.

원래 팔팔 끓는 뜨거운 물로 살살 우려야 제대로 된 단총의 맛과 향을 음미할 수 있는데 홍차로 만들어질 경우에는 한 김 식은 물로 우려야만 그 화려하고 아름다운 맛과 향을 고스란히 즐길 수 있다.

아무리 뜨거운 물을 부었다고 해도 보온병에 들어가는 순간부터 물의 온도는 떨어지기 마련이고 야외에서 차를 마실 때 온도가 급격하게

밀운홍차는 단총의 고향인 광동성 조주시에서 생산된다. 단총을 원료로 하여 홍차 만드는 방법으로 만들기 때문에 단총의 특성과 홍차의 특성이 동시에 나타난다. 방금 끓인 뜨거운 물로 거칠게 우리면 이 차의 독특한 맛과 매력을 온전히 즐길 수 없으므로 물 온도를 조절해서 살살 우리는 것이 맛을 내는 관건이다.

떨어지는 것은 막을 수 없는 숙명과도 같다. 그런 의미에서 매우 자연스럽게 밀운홍차를 우리는 최적의 조건이 형성된다.

처음에는 콧방귀를 뀌며 가지고 온 삼박자 커피를 마시겠다고 선언했던 모친도 막상 차를 우릴 때부터 퍼져나오는 꽃향기를 맡더니만 홀린듯 찻잔의 차를 마시며 삼박자 커피의 존재는 깨끗이 잊었으니 맛있긴 맛있는 모양이다.

처음 마시고 홀딱 반했던 것이 허투루 그랬던 것이 아니라는 생각에 스스로 흐뭇해진다.

하늘은 여전히 파랬다 흐렸다를 반복하는 중이었고 나는 이 예쁘장한 홍차를 처음으로 홀짝이며 홀딱 반했던 날부터 참 어울린다고 생각했던 그림 한 점을 떠올렸다.

파리는 나의 첫 유럽 방문에서 마지막으로 들른 도시였다.

한 달 동안 열한 개 국가의 다양한 도시에서 최대한 많은 것들을 보기 위해 동분서주했던 피로가 누적된 때문인지 이제는 그 어떤 성당에 가도 성스럽지 않았고, 박물관에 들어가 예술 작품을 만나도 유명한 작품을 내 눈으로 봤다는 감동 이상은 받지 못했다. 그저 유령처럼 작품과 작품 사이를 떠다니며 최대한 많은 것을 기억의 저장소 속으로 밀어넣어야 한다는 강박관념밖에 없었다.

그런 와중에도 걸음을 멈추고 오래 들여다본 그림이 하나 있다.

파란 바다와 하늘 사이에 누워 나른하게 눈을 뜨고 있는 아름다운 금발의 여자. 작은 아기천사들이 그 주위를 날아다니며 기쁨을 표출하는 중이다. 파란색과 백옥 같은 피부의 하얀 빛깔이 보여주는 차갑지만 부드럽고 따뜻하게 느껴지는 독특한 미적 감각에 그 앞을 오래도록 서성였던 기억이 난다. 신선한 그 느낌에 그간 피로에 뾰족해졌던 기분이 둥글어질 수 있어서 고마웠던 것도.

그땐 그 그림이 무슨 그림인지 몰랐음은 물론, 그걸 본 것이 루브르였는지 오르세였는지도 정확하지 않았다. 다만 파리의 유명한 박물관 어딘가에서 참 예쁜 그림을 하나 만났다는 사실만 내 머릿속에 각인되었을 뿐.

정확히 몇 년 뒤인지는 기억나지 않지만 그림과 신화에 대한 책들을 읽다가 그 그림을 다시 만났다. 알렉상드로 카바넬이 미와 사랑, 풍요의 여신인 비너스의 탄생을 그린 그림이라고 했다. 그리스식 이름인 아프로디테는 원래 '거품에서 태어난 여인'이라는 뜻을 가졌는데, 크로노스의 낫에 잘린 우라노스의 성기가 바다에 빠지고 말았고, 그 속의 정액과 바닷물이 만나 거품을 일으켜 그녀가 태어났다고 한다. 피렌체의 우피치 미술관에서 봤던 산드로 보첼리의 작품과는 사뭇 다른 느낌의 그림이었건만 같은 장면을 표현한 것이라는 사실에 놀라기도 했다.

비슷한 맥락에서 밀운홍차를 처음 만난 것도 차 마시는 일에 조금 지

처 있을 때였다. 차란 세월아 네월아 느긋하게 소꿉장난하듯 다구들에 둘러싸여 마시는 음료로, 한량에게 딱 어울리는 신선놀음일 텐데, 차 마시는 일에 어떻게 지칠 수가 있느냐고 묻는 사람이 있을지도 모르겠 다. 하지만 차의 맛을 제대로 보기 위해서 몇 개월 동안 식이조절을 하 고 감각을 예민하게 만들어 차 맛을 보며 그 과정을 기록해야 하는 사람 에게는 차 마시는 게 그야말로 '일'일 수도 있다.

그날도 몇 가지의 차를 마시고 기록해야 하는 날이었다.

익숙한 맛 속에서 미묘한 차이를 잡아내고 차이의 이유를 추적하는 것이 중요하기에 집중하며 그 일을 수행 중이었다. 백차를 지나 홍차 몇 가지로 넘어간 참이었다. 기록을 위해 사진을 찍고 단총을 원료로 홍차를 만들었다기에 물 온도를 떨어뜨린 뒤에 조심스럽게 차를 우렸다. 풍겨져 나오는 향기가 심상치 않아서 기대감이 고조됐다. 1초, 2초, 3초……. 유난히 시간이 늦게 흐르는 것 같았다. 열까지 세고 바로 우러난 차를 공도배로 옮겨 담았다. 차를 잔에 따르고 탕색을 확인한 뒤 개완 뚜껑을 열어 향기를 맡는데 갑자기 온몸이 무장해제되는 느낌이었다. 달콤한 꿀의 향과 꽃향기가 뒤섞인 좋은 향기가 몸의 감각을 흔들었다. 잔을 입가로 가져가 차를 마시는 순간, 방금 느꼈던 향기가 고스란히 맛으로 전해짐은 물론 차라면 의례히 가져야 할 복잡하고 미묘한 맛이 더해져 그만 절로 행복해지고 말았다.

파리의 그 그림 앞에서 그때 느낀 기분이랑 비슷했다.

거품에서 태어난 미의 여신 아프로디테를 그린 그림이 건넨 기분 좋은 위로가 파리의 오르세에서 시간과 공간을 가로질러 사포닌 때문에 우릴 때 거품이 나는 찻물로 내게 돌아와 있었던 것이다.

사실 카바넬의 비너스는 너무 관능적이라는 이유로 1863년 파리 정기 살롱 전시에서 낙선했다. 같은 해에 비슷한(그러나 조금 다르기도 한) 이유로 작품을 거부당한 사람 중에서 낙선전Salon des Refusés을 주최한 사람이 바로 에두아르 마네였고, 〈비너스의 탄생〉은 〈풀밭 위의 점심식사〉와 함께 그곳에서 발표됐다. 가장 주목받은 것은 마네의 그림이었지만 카바넬의 비너스도 인기가 많아 두 점을 더 그렸다고 한다. 그래서 우리는 이 아름다운 여신이 태어나는 순간을 포착한 그림을 오르세뿐만 아니라 뉴욕의 다헤시 미술관과 메트로폴리탄 미술관에서도 만나볼 수 있다.

보온병의 물이 다 떨어질 때까지 몇 번이고 우려도 차는 내게 예쁜 맛과 향을 지속적으로 내어주었다. 차를 마신 자리를 정리하고 돗자리를 다부지게 개서 가방에 넣고 일어나 남은 산책을 계속할 때까지 한동안 밀운홍차의 달콤한 여운이 입안에 맴돌았다.

그리고 그때 무리해서라도 열심히 그림을 봤기에 누릴 수 있었던 아름다움이 건넨 위로의 여운도.

:: 이카로스의 추락(The Fall of Icarus) | Marc Chagall | 1975

05_노총수선

어리석음과 과욕을 연료로 추락하다

매일 무언가가 추락하는 나날이다. 추락하는 것은 날개가 없다고 했던가, 추풍낙엽처럼 우수수 떨어진다. 다양한 미디어들이 그 모습을 현미경 들여다보듯 자세하게 슬로모션으로 보여주고 있다. 이 추락이 반드시 나락으로 이어지기를 바라지만, 마치 일시 정지된 영상처럼 어느 지점에 멈추어 계속 악몽으로 되풀이되고 있는 것 같기도 하다.

그런데 왠지 이 모든 상황이 샤갈이 그린 〈이카로스의 추락〉과 비슷하다는 생각이 든다.

이카로스는 다이달로스의 아들이었다. 이 부자는 영웅 테세우스를 구하러 크레타섬에 갔다가 크레타의 왕 미노스에게 잡혀 갇혀 있었는데 솜씨 좋은 다이달로스가 감옥의 창으로 들어오는 새들의 깃털을 이용, 날개를 만들어 탈출할 계획을 세운다. 깃털과 깃털을 붙이는 접착제는 밀랍이었다. 충분한 재료가 모이자 마침내 두 쌍의 날개가 완성됐다.

탈출을 감행하기 직전, 아버지는 아들에게 절대로 태양 가까운 고도로 올라가면 안 된다고 몇 번이고 주의를 준다. 창공을 가르는 멋진 탈출을 앞두고 흥분한 아들은 건성으로 알았다고 대답한다. 부자는 이제 하늘을 날고 있다. 아비는 아들이 자신의 뒤를 그대로 따라오기를 바랐지만 그의 우려는 현실이 되고 말았다.

이카로스는 자꾸만 더 높은 곳을 향해 올라갔다. 솜씨 좋은 아버지가 만든 날개는 너무나도 훌륭해서 그는 마치 거대한 새가 된 것 같은 기분

이었다. 위에서 내려다보니 정말 세상의 일이란 하찮게만 느껴지기도 했다. 아드레날린이 온몸을 지배했다. 조금 더 높이 올라가고 싶었다. 아주 조금만 더…….

아들에 대한 걱정에 심장이 터질 것 같았던 다이달로스는 눈이 뒤집어져서 그의 자취를 찾았다. 하지만 불안한 예감만이 그를 짓눌렀다. 결국 가장 마지막으로 내려다본 바다 위에서 떠다니는 깃털을 발견하게 된다. 그의 눈물이 그보다 먼저 차가운 바다 위에 떠다니는 깃털 위로 내려앉았다.

참 많은 화가들이 이 이야기에 대한 그림을 그렸다.

그중에서도 내가 가장 좋아하는 버전은 피터 브뤼헬의 버전이다. 아버지와 아들에게는 절체절명의 순간이지만 세상은 과욕과 어리석음의 결과로 추락한 이카로스에게 눈곱만큼의 관심도 없어 보인다.

하지만 지금 내 나라에서 일어나는 추락은 샤갈의 버전에 가깝다.

밀랍이 녹아내려 추접하게 변해버린 날개로 추락하는 이카로스가 있다. 그리고 그가 추락하는 곳은 사람의 바다가 있는 곳이다. 사람들의 이목은 추락하는 이카로스에 고정되어 있다.

남자, 여자, 어른, 아이 할 것 없고 소나 당나귀 같은 가축들도 나와서 추락의 증인이 되고자 한다. 한편 공중에 일시 정지된 채 멈춘 어리석은 이카로스는 자신의 추락을 믿을 수 없다는 표정이다.

그림에 등장하는 땅 위의 모든 사람들 손에 촛불을 하나씩 쥐어준다

노총수선은 중국 복건성의 무이산 고지대에서 자라는 수령 70년 이상 된 차나무에서 채엽한 잎으로 만들어진 차를 칭한다. 세월과 함께 중후한 기품을 갖춘 건강한 노총에서 만들어지는 수선을 만나는 건 쉽지 않은 일이다. 몸값 뒤에 붙는 0도 많은 편이지만, 흑차나 백차처럼 오래 두고 마시면 더 깊어진 맛을 즐길 수 있다.

면 완벽하게 지금 대한민국에서 일어나는 추락 사건과 일치하지 않을까 생각하니 허탈한 웃음이 난다.

사람들이 촛불을 들고 광장으로 나오게 한 그 사람이 대체 무슨 일을 저지른 것인지 생각하면 생각할수록 자꾸만 마음의 바다에 성난 파도가 인다.

파도를 잠재울 필요가 있었다. 심신안정에 좋은 암차를 마시기로 한다.

그걸 위해 가장 먼저 해야 하는 일은 포트에 물을 가득 담아 끓이는 일이다. 물이 끓기를 기다리는 동안 샤갈의 그림을 유심히 들여다본다. 마음속 분노 스위치가 빨갛게 켜진 건지 속이 부글부글한다. 특단의 조치가 필요했다. 누구도 쉽게 찾을 수 없을 깊은 곳에 숨겨뒀던 차통을 하나 꺼낸다.

그 속에는 노총수선이 들어 있다.

중국 복건성에는 중국 10대 명산 중 하나인 무이산이 있다. 워낙 바위가 많은 곳이라 그런지 '암암유차 비암불차岩岩有茶 非岩不茶, 바위마다 차가 있고 바위에서 나지 않은 것은 차가 아니다'라는 말이 전해지는 곳이기도 하다. 그래서인지 이곳에서 나는 차들을 암차라고 부른다. 몇 가지 유명한 차들이 있지만 그중에서도 으뜸이 바로 노총수선이라고 할 수 있다.

우선 수선은 가장 높은 지역에서 나는 품종인데, 고도가 높을수록 일교차가 큰 덕분에 찻잎에 방향물질이 많이 생성되어 향기가 좋다. 더군

다나 노총은 최소한 70년 이상 된 수령의 차나무에게 부여되는 명칭인 만큼 역사가 있는 나무로부터 채엽한 찻잎을 가지고 만든 차가 바로 노총수선이다.

몇 해 전에 한번 마셔보고 그 맛과 향에 반해 조금 사두었던 것을 아끼고 또 아껴가며 마셔왔다. 사실 이런 품질 좋은 차를 좋은 조건에서 잘 보관하면 맛과 향기가 더 뛰어나게 변하는 희한한 일이 발생한다. 그래서 살 때는 비록 조금이지만 그렇게 서서히 더 그윽해지는 맛을 음

미하자며 산 것이었다. 하지만 막상 통을 열어보니 오호, 통재라! 이번에 딱 한 번 정도 마실 분량밖에 남지 않았다. 마음이 힘들 때마다 야금야금 꺼내어 마셨던 탓이다.

좀 더 비장한 마음으로 자사호를 꺼내어 뜨거운 물을 부어 예열한다.

통에 남았던 찻잎을 꺼내니 진녹색에 짙고 어두운 색이 코팅된 것처럼 윤기가 흐른다.

예열을 마친 자사호 속에 찻잎을 남김없이 털어 넣고 뜨거운 물을 붓고 몇 초간 기다렸다가 투명한 유리 공도배에 붓는다. 찻물은 녹색의 기운을 간직한 오묘하고 맑은 붉은색이다.

회백색으로 빛나는 은잔이 붉게 차오르는 동안 달콤한 꽃향기와 카카오 향기가 풍긴다.

차가 몸속으로 들어오는 순간 따뜻한 기운이 퍼져 나간다. 혀 위에서 느껴지는 깊어졌다가 깔끔하게 떨어지는 맛이 매력적이다. 돋보이는 매력은 입안에 여운을 남긴다.

몇 번이고 뜨거운 물을 자사호에 부어 차를 우리는 동안 마른 찻잎이었을 때는 짙음에 가렸던 진녹색 기운이 도드라지게 나타난다. 여기서 나의 엉뚱한 상상력이 발휘되기 시작했다.

초라하게 작아져 기능을 못 하는 가여운 날개를 가진 이카로스는 진녹색과 짙푸른 색에서 우러난 붉은 찻물의 바다 속으로 추락해가고 있

는 것이다.

그가 바다 속으로 빠지기 전에 손바닥에 올려 구해낸 뒤 어디 안전한 곳에 내려주고 싶어진다. 그런 뒤 다시는 그런 어리석은 짓 하지 말라고 훈계한 뒤 아버지와 만나게 해주는 거다.

하지만 만약 그림 속의 모두가 촛불을 들고 바라보는 그 사람의 추락이라면?

초인의 힘을 엄지와 검지에 모아 알까기하듯 우주의 기운조차 받을 수 없는 먼 곳으로 튕겨내고 싶다.

어느 쪽이든 추락을 지켜보던 사람들은 나에게 칭찬해주지 않을까.

혼자서 키득거리다가 아차, 너무 오래 우렸나, 하며 다시 공도배와 잔을 채운 뒤 마셔봤더니 이제 찻잎들이 나에게 더 내어줄 것이 없다며 이별의 인사를 고한다. 자사호 뚜껑을 열고 부드럽게 펼쳐진 찻잎들에게 나도 감사의 인사를 건넨다.

다시 뚜껑을 닫으며 스리슬쩍 들여다본 내 마음의 바다는 다시 잔잔해져 있다.

다행이다.

그러니 오, 이카로스여, 부디 편히 잠들길.

:: 불타는 유월(Flaming June) | Sir Frederic Leighton | 1895

#06_동방미인

마음의 파고를 낮추는 방법

우리는 매일 저마다 선택의 전쟁을 치르며 살아간다. 전쟁이라니, 너무 과격하지 않으냐고 반문할 사람들도 있겠지만, 그저 평온하게 지나가는 보통의 나날들도 자세히 들여다보면 촘촘하게 계속되는 선택의 연속이며 우리는 늘 그 결과들을 감당하며 살아가는 것이라고 볼 수 있다.

잘못 선택한 옷차림 때문에 감기에 걸릴 수 있으며, 잘못 선택한 조리시간이나 양념 때문에 음식을 망칠 수도 있다. 탁월한 선택으로 완성된 스타일로 자신감을 살릴 수 있으며, 제대로 된 양념의 조합으로 오래도록 기억에 남을 만한 요리가 탄생할 수도 있다.

메시지를 보내야 하는지 말아야 하는지, 보고서는 언제 올릴 것인지, 전화를 걸지 말지, 이 일을 할지 저 일을 할지, 5분 더 자도 될지, 버스를 탈지 지하철을 탈지, 식사 때마다 뭘 먹을지, 더 나아가 개인의 혹은 단체의 나아가 국가의 운명을 좌지우지할 수도 있는 결정까지.

빠르게 돌아가는 세상에서는 이런 선택의 종류가 늘어나는 것은 물론 결정도 빠르게 이뤄지기 마련이다. 어떻게 보면 '선택 장애'의 이면에는 결과를 감당하는 일에 대한 두려움이 있는지도 모르겠다. 다른 사람들은 이런 상황을 어떻게 견디고 있는지 모르지만 나는 이런 상황이 힘들게 느껴지는 일이 잦았다. 그래서 찾아낸 극복 방안이 차를 마시는 것이었다.

물론 차를 마시는 행위 자체도 무슨 차를 어떤 다구에 몇 도의 물로 우릴 것인가를 생각하지 않으면 안 되는 일이긴 하다. 하지만 그런 결정 뒤에 적어도 차를 마시는 순간만큼은 모든 것에서 해방되는 자유의 시간이 오기 마련. 마음속에서 일렁이던 파고가 점점 낮아지는 그런 시간이 말이다.

프레더릭 레이턴이 그린 〈불타는 유월〉도 그런 느낌을 주는 그림이다.

아마도 여름날의 늦은 오후인 것 같다. 바닷물 위로 반사되는 태양은 황금빛을 띠간다. 햇빛은 곧 그림 중앙에서 세상모른 채 쌔근쌔근 잠든 매혹적인 여인이 입고 있는 옷처럼 투명하고 진득한 주홍빛으로 변할 것이다. 그녀는 누구일까? 왜 화가는 이 그림의 제목을 〈불타는 유월〉이라고 지었을까?

어떤 사람들은 그림 속의 시간이 6월June이라 그런 제목을 붙였다고 하고, 어떤 사람들은 잠든 여인의 이름이 준June이라고도 한다. 영어의 준이 헤라Hρα의 로마식 이름인 주노Juno에서 비롯됐다는 사실을 감안할 때, 그녀가 최고의 여신이자 결혼, 정절, 질투, 복수의 여신인 주노라고 보는 해석도 있다.

나의 초이스는 마지막 해석.

나른한 주홍빛의 기운으로 가득한 그림을 들여다보고 있자니 영국의 빅토리아 여왕이 붙여준 이름으로 더 유명해졌다는 동방미인 한 잔이 간절해진다.

동방미인은 타이완 출신의 우롱차(청차)다. 본래 하얀 솜털이 감싸고 있다고 해서 백호 우롱이라는 이름이 붙었으나, 영국의 빅토리아 여왕이 마셔보고 '동방의 미인 같다'고 말했다는 소문이 퍼지면서 그 이름으로 유명세를 탔다. 입안을 가득 채우는 은은한 꽃과 과일의 풍미가 일품이며 카페인 함량이 낮은 편이라 어느 때고 부담 없이 마실 수 있다.

차가 담긴 봉투를 열자마자 향기가 퍼진다. 자세히 보면 고슬고슬 하얀 털을 가진 것부터 진한 녹색이나 갈색을 띠는 녹색 등 다양한 빛깔의 찻잎들이 옹기종기 모여 있다.

옅은 청자 느낌의 개완과 예쁜 모양과 그림을 보고 첫눈에 반해 '모셔'왔던 잔을 꺼냈다.

찻물이 변하는 모습을 감상하고 싶어 유리 공도배도 꺼냈다.

물이 끓기를 기다리는 동안 고요히 잠든 헤라를 들여다본다. 그녀는 올림포스 언덕의 모든 신들 중에서도 가장 바쁜 신이라고 할 수 있다. 바람기의 끝판왕 남편을 둔 죄로 그를 감시하랴, 감시망을 피해 다른 여신 혹은 님프 혹은 여자와 사랑을 나누는 것도 모자라 임신까지 성공시킨 남편을 추궁하랴, 외도 상대는 물론 그 자식과 그들을 도운 사람들까지 화가 어느 정도 풀릴 때까지 엄중하게 벌하랴, 도무지 마음에 불길이 잦아들 날이 없는 그녀.

그런데 곰곰이 따져보면 이게 다 제우스에게 정절을 지키겠다는 그녀의 굳건한 선택에서 비롯된 일이다. 아마도 그 결과로 그녀가 결혼의 수호신이자 질투와 복수의 화신이 될 수밖에 없었던 것이 아닐까. 만약 그녀가 정절을 지키지 않고 제우스가 바람을 피울 때 맞바람을 피웠더라면, 그것 때문에 바빠서 질투심에 사로잡혀 복수에 열을 올리지는 않았을 거라 확신한다.

이렇듯 어떤 선택은 평생을 좌지우지하곤 하는 것이다.

그런 의미에서 과거의 몇 가지 결정적 선택이 떠올라 한숨을 내쉬며 뜨거운 물을 우선 공도배에 부었다.

공도배 위로 손바닥을 댔을 때 '엇, 뜨거!' 하는 느낌이 없을 때 차를 우리기 시작하면 된다.

다소 귀찮을 수 있겠지만 이렇게 온도를 낮춰서 우려야 동방미인의 맛과 향을 극대화시켜 즐길 수 있다.

고작 차 한잔 마시기 위한 수고가 이 정도이니 헤라는 얼마나 피곤할까?

100개의 눈을 가진 개를 시켜 포로로 붙잡은 소의 모습을 한 외도녀를 지키게 하고, 외도녀를 곰으로 만들었더니 세월이 지나 장성한 혼외 자식이 어미인 줄 모르고 죽이려는 순간 이를 안타깝게 여긴 제우스가 그들을 별자리로 만들자 또 그게 꼴 보기 싫어 그들이 별자리로서도 쉬게 하지 말라고 다른 신을 찾아가 진정하는 불같은 성격을 가졌으니.

재미있는 건 동방미인도 맛있는 최고 등급의 차로 태어나기 위해서는 소록엽충이라는 벌레들이 찻잎에 영향을 줄 수 있는 깨끗한 조건을 만들어줘야 하는 등 나름의 철저한 환경 조건과 집요함이 필요하다는 사실.

레이턴의 그림은 쉴 새 없이 감시의 촉을 곤두세우던 그녀가 모든 것

을 내려놓고 휴식을 취하는 순간을 포착한 것이 아닐까 멋대로 상상해
본다. 아무런 고민도 감정의 동요도 없는 평화로운 얼굴이다. 얼굴이
발그레한 것을 보면 꿈속에서 제우스와 다정한 시간을 보내는 중일지
도 모르겠다.

  잠든 그녀 뒤로 펼쳐진 바다도 호수처럼 잔잔해 그 분위기를 극대화
한다. 그 색깔은 마치 식힌 물을 살살 부어 잠깐 기다렸다가 공도배로

옮겨 담은 찻물 색을 닮았다.

두 번째로 우린 찻물은 가까이 다가가면 숨 쉬는 모습까지 보일 것처럼 주름까지 섬세하게 그려낸 아름다운 옷이 띠는 살굿빛을 닮았다.

차를 머금는 순간 여신으로부터 풍겨져 나올 법한 꽃향과 과일향이 입안 가득 화사하게 퍼진다.

온전히 차의 맛과 향에 집중한 채 연신 잔을 비우고 채우고 했다.

우리면 우릴수록 공도배 속의 찻물은 짙은 붉은 색으로 변해간다.

그와 동시에 화사했던 차의 맛과 향기는 자꾸만 아득해져 간다.

주노가 단잠에서 깨어날 시간이 다가왔다는 뜻이리라.

그녀가 깨어나 제우스가 없음을 발견하곤 불 같이 화를 낼지도 모르니 나는 다시 선택의 지뢰가 널린 내 삶이란 전쟁터로 돌아가야겠다.

살금살금.

:: 엔디미온(Endymion) | George Frederic Watts | 1872

#07_월광미인

달빛이 내리는 밤, 그대와 함께

달을 바라보는 것을 좋아한다. 달이 기울거나 차오르는 것이 그저 태양을 중심으로 두고 각자의 질서에 따라 공전하는 지구의 그림자가 달에 미친 영향임을 알게 된 지 오래지만 달을 둘러싸고 전해지는 갖가지 전설이나 미신을 떠올리길 좋아한다. 그래서 밤길을 걷다가 달이 보이면 소원을 빈다는 핑계로 달에게 두런두런 말을 걸기도 한다.

중국 운남성에는 달이 빛나는 밤에 어린 찻잎을 따서 달빛 아래 서서히 건조시켜 만드는 월광백月光白이라는 차가 있다. 만드는 과정도 과정이지만 생긴 것도 보송보송 하얀 털이 빽빽한 앞면과 까만 뒷면의 대조가 마치 검은 밤하늘에 뜬 은빛의 달과 같아서 참 잘 어울리는 이름을 가진 차다. 굳이 비슷한 모양을 찾자면 그믐달이나 초승달부터 반달 사이 정도가 아닐까. 물론 병차는 둥근 보름달을 닮았지만.

집으로 돌아오는 길에 발견한 요염한 초승달을 하염없이 바라보다가 월광미인 한잔이 간절해져 발걸음을 재촉했다. 자사호에 우릴까 개완에 우릴까 잠깐 고민했으나 온전히 맛을 느끼고 싶어서 개완으로 결정.

월광미인은 월광백의 고급 버전으로 원래의 상큼한 맛, 꽃의 향기에 전홍의 진득하고 달콤한 향기와 맛이 더해져 더욱 깊고 풍부한 풍미를 낸다. 우릴 때부터 퍼져 나가는 향기가 마치 달빛이 환한 밤에 각종 꽃이 가득한 들판을 가로질러 난 길을 걸으며 맡을 수 있는 향기 같다. 우러난 차를 잔에 따라 한 모금 마시는 순간, 사랑하는 사람이 그 길을 함

께 걷는 중임을 알게 된다. 그만큼 로맨틱하고 달콤한 맛이다.

　달밤에 사랑스러운 차를 홀짝이고 있자니 달의 여신 셀레네의 사랑
이야기가 떠올랐다.
　젊고 아름다운 용모의 그녀는 이마에 초승달을 달고 밤이면 두 마리
의 말이 이끄는 마차에 올라 밤하늘을 가로지르는 일을 담당했다. 미모
의 여신에게는 당연히 염문이 따르는 법!
　그녀에게도 제우스를 비롯한 몇몇 연인들이 스쳐 지나갔다. 하지만
어느 날, 한 남자가, 그것도 일개의 인간이 그녀의 운명을 바꿔놓고 만다.
　그의 이름은 엔디미온.
　산에서 양을 치는 평범한 소년이었다. 그러나 그의 외모만은 범상치
가 않았다. 여신조차 첫눈에 홀딱 반해버릴 수준의 미소년이었던 것.
둘은 사랑에 빠졌고 그 사랑은 지속되는 것 같았지만 인간인 엔디미온
의 '미모'는 자연히 세월의 지배를 받아 퇴색되어 갔다.
　셀레네도 이 사실을 받아들여보려 했지만 그가 점점 호호 할아버지
가 되어가다가 마침내 죽음에 이를 것이라 생각하니 덜컥 겁이 났다.
다른 건 몰라도 인간의 죽음은 극복될 수 있는 것이 아니라 그들의 자연
스러운 순리니까.
　고심 끝에 그녀는 제우스를 찾아가 자신이 얼마나 엔디미온을 사랑
하는지 피력한 뒤, 그의 아름다웠던 시절의 용모를 회복시켜주고 영생

월광미인은 중국 운남성에서 생산되는 월광백의 별칭이다. 어린 찻잎을 달빛 아래서 건조시켜 만들어 그런 이름이 붙었다고 한다. 운남에서 생산되는 찻잎을 사용하고 후발효 과정이 이뤄지므로 보이 산차로 여겨지기도 하지만 만드는 과정이 백차와 같아 백차로 보기도 한다. 화려한 꽃향기가 높게 퍼지는 특징이 있고 달콤한 맛을 낸다.

화畵요일의 티타임

도 달라고 부탁한다.

한때 그녀가 자신의 여자였음을 기억해내기라도 한 것일까. 제우스는 그녀의 부탁을 들어주는 대신 엔디미온을 영원한 잠 속으로 빠뜨렸다.

사랑에 빠졌던 그 순간의 미소년으로 돌아왔으되 그 모습 그대로 깊은 잠 속에 빠져버린 연인을 바라보는 여신의 마음은 어떤 것이었을까.

물론 이 신화에도 몇 가지 버전이 존재한다. 어떤 이야기는 엔디미온이 영원한 잠을 직접 청해서 잠들었다고 하고, 어떤 이야기는 제우스가 뛰어난 외모로 자신의 부인 헤라를 노리는 엔디미온이 미워서 영원한 잠에 빠지게 했다고도 한다. 그런 그를 셀레네가 우연히 발견해서 사랑에 빠진 거라고.

어떤 이야기가 가장 원형 혹은 진실에 가까운지는 중요하지 않다. 어차피 신화란 상상의 이야기이거나 있었던 일을 한껏 부풀려 가상의 진실에 뼈와 살을 붙여 더 그럴싸하고 극적으로 태어나기 마련이니까. 엔디미온은 가장 아름다운 모습으로 영원히 모든 근심에서 헤어날 수 있게 됐고 셀레네는 그가 인간인 채 머물러 있었다면 숙명처럼 겪어야 했을 이별의 고통에서 자유로워졌으니 그걸로 된 거다. 그럼에도 불구하고 영원히 잠들었으되 죽지 않는 연인을 바라보는 셀레네의 마음은 만감이 교차했을 것이다.

처음에는 더 이상 연인을 잃어버릴지도 모른다는 걱정에서 해방됐다는 달콤함에 들떠 있었겠지. 하지만 이제 그의 감미로운 목소리를 듣고 반짝이는 눈동자를 들여다보고 부드러운 손길을 느낄 수 없다는 생각이 찾아들자 콧등이 시큰해졌을 것이다. 백옥 같은 뺨을 타고 흘러내린 그녀의 눈물에서도 우리 인간들의 그것처럼 짭짤한 맛이 났을까. 불러도 일어나지 않는 연인을 바라보며 잠시 씁쓸한 기분도 스쳐 지나갔으리라.

멍하니 앉아 연인을 응시하고 있던 것도 잠시, 번개처럼 묘책이 떠올랐다.

그의 품에 안겨 잠들자, 그러면 잠든 동안 꿈속에서 그이를 만나 다시 예전처럼 사랑의 기쁨을 만끽할 수 있을 것이다. 그렇게 다시 그녀에게 찾아온 달콤한 기쁨.

오직 달콤했을 리는 없다. 복잡하고 오묘한 월광미인의 맛처럼 다양한 종류의 감정이 셀레네를 휘저어 놓았을 것이다. 조지 와츠의 그림이 그 순간을 가장 잘 포착해낸 것이 아닐까 생각한다.

세상모르고 깊은 잠에 빠져든 엔디미온.

그리고 그런 그를 애절하게 바라보는 셀레네. 그녀가 유령신부처럼 창백해 보이는 건 어쩌면 엔디미온의 꿈속으로 들어갈 준비 중이기 때문은 아닐는지. 옆에서 같이 잠든 늙은 개가 엔디미온의 잠이 꽤 오랜 시간 지속됐음을 알려준다. 또한 셀레네의 굳건한 사랑을 의미하기도.

얼핏 보면 슬픔이 묻어나기도 하는 그림처럼 느껴질 수 있지만 확실한 건, 차를 입안에 머금고 마시는 동안 느껴지는 그 모든 맛 뒤에 찾아오는 회감처럼 셀레네 역시 감정의 소용돌이를 지나 아름다운 모습으로 잠든 엔디미온의 품에 안긴 채 꿈속에서 예전처럼 그와 행복하리라는 것.

마지막이라는 생각에 막 끓은 물을 개완에 부은 뒤 오래도록 우려낸 차에서는 강렬하게 쌉싸래한 맛이 느껴진다. 그리고 머금었던 찻물을 삼키자 쌉싸래함이 사라진 자리를 달콤한 맛이 목구멍을 통해서 올라와 차지한다.

개완 뚜껑을 열어 살피니 아직도 꽃향기가 남아 있다.

얌전히 불어난 어린 찻잎들을 보고 있자니 저절로 미소년의 모습으로 곤히 잠든 엔디미온의 모습이 이렇지 않았을까 싶어서 괜스레 미소가!

달빛의 기운을 듬뿍 머금은 차를 마시며 달의 여신과 그의 연인이 부디 행복하기를 빌어보는 밤.

:: 사이렌(The Siren) │ John William Waterhouse │ 1900

#08_얼그레이
감미롭고 치명적인 그녀의 노랫소리

언제부터인가 머릿속에 '바닷가에서 티타임을 하고 싶다!'는 생각이 목소리를 냈다. 처음에는 뭔 소리냐고 무시했지만 점차 그 생각은 자신의 소리를 키워나갔고 나중에는 도저히 무시할 수 없는 수준이 되어버렸다. 시끄러워서 도저히 견딜 수 없다고 느껴졌던 어느 날, 나는 배낭에 티타임을 위한 몇 가지 물건들을 챙긴 뒤 홀연 서울역에서 출발하는 무궁화호 부산행 기차에 몸을 실었다. 나의 목적지는 해운대.

사실 송정은 어떨까 갈팡질팡했던 것도 사실이다. 하지만 그곳이 해운대보다 멀다는 생각에 미치자 바로 포기. 왠지 모르겠지만 광안리는 처음부터 고려 대상이 아니었다. 아마 무의식중에 광안대교가 상상력을 방해한다는 생각을 했던 것 같다.

그리하여 도착하게 된 해운대는 겨울인데도 그야말로 반짝였다. 햇볕을 쬐러 나온 많은 사람들이 산책 중이거나 자리를 펴고 앉아 담소 중이었다.

적절한 자리를 물색했다. 차를 마시다 갑자기 들이닥친 파도에 일어나 도망가는 일은 쉽지 않을 테니 마른 모래여야 했고, 그렇다고 바다에서 너무 먼 건 싫었고, 사람들이 많지 않길 희망했지만 날이 좋으니 거기까지 바라는 건 욕심이었다. 한적한 곳을 찾아 배회하다가 포기하고 그럭저럭 마음이 끌리는 곳에 배낭을 내려놓았다. 준비해온 앙증맞은 러너를 꺼내고 깨질세라 두툼한 수건으로 말아온 개완과 아끼는 잔을

얼그레이는 찻잎에 베르가못이라는 향을 입혀 만든다. 대부분 홍차를 베이스로 만들지만 최근에는 다양한 차류에 향을 입혀서 출시하기도 한다. 최초의 홍차였던 정산소종이 인기가 많아서 물량이 부족해지자 영국의 얼 그레이 백작이 비슷하게 만들 방법을 찾다가 우연히 개발한 뒤로 세계적인 인기를 끌고 있다.

꺼내어 세팅했다. 보온병도 꺼내고 맛있는 차가 든 예쁜 통도 꺼냈다.

햇살이 투명한 잔을 투과해서 모래사장에 근사한 윤곽의 그림자를 만들어낸다. 개완에 찻잎을 넣는 순간, 이미 베르가못의 상큼한 향기가 코를 스친다. 차가 우러나길 기다리며 이제 저 잔을 붉은 빛깔의 얼그레이가 채우게 될 거라고 상상하니 기분이 먼저 좋아진다.

시원한 바닷바람을 맞으며 좋아하는 예쁜 잔의 따뜻한 얼그레이를 홀짝이는 기분은 호사스러움 그 자체였다. 햇살이 부드럽게 볼을 어루만졌고 눈앞의 바다는 파도 소리로 노래를 불러줬다. 질리지 않는 평화로운 그 노래 소리를 한참 듣다가 도대체 왜 그렇게 바닷가에서의 티타임이 간절했는지 알게 됐다. 파랗게 일어나 금빛 모래들과 부딪쳐 하얗게 부서지는 그 소리가 나를 여기까지 불러낸 것이다!

마치 지나가는 뱃사람들을 유인해내는 사이렌의 노랫소리처럼.

그러자 몹쓸 상상력이 발동하기 시작했다. 저 멀리 보이는 작은 바위 섬에 사이렌들이 살고 있는 거다. 그들은 알 수 없는 미스테리의 주파수로 나에게 노래를 불러주었고 나는 그에 이끌려 이곳까지 와서 얼그레이는 마시는 거다. 조금은 오싹한 기분이 들기도 했던 것은 단지 내가 겨울 바다에 있었기 때문만은 아니다. 사이렌은 유인해낸 뱃사람들을 섬 주변의 암초로 이끌어 배를 난파시키거나 스스로 물에 뛰어들게 해서 죽음으로 몰고 가는 무서운 존재인 것.

전해지는 이야기에 따르면 사이렌은 새의 몸과 다리에 여자 인간의

머리를 가진 님프들이다. 호메로스의 『오디세이아』에도 등장한 덕분인지 도자기, 모자이크 벽화, 조각, 액세서리 등 수많은 매체에 다양한 모습으로 묘사되어 등장한다. 그러니 당연히 이 요망한 사이렌들로부터의 영감을 그림으로 표현한 작가들도 많았을 터. 초기에는 본래의 모습에 충실했던 것 같지만 '마성의 노랫소리로 뱃사람들을 홀릴 정도라면 이 정도는 되어야지!'라고 생각됐던지 화가들은 점점 새의 몸통을 인간의 몸통으로, 다리는 물고기로 표현하기 시작했다. 그러니까 빼어난 미모의 인어에 가까운 모습으로 변해간 것이다.

그나마 클림트가 그로테스크하면서도 아름다운 그녀들을 가장 정확하면서도 세련되게 표현하지 않았을까. 하지만 내가 가장 좋아하는 사이렌은 존 윌리엄 워터하우스가 1800년경에 그린 그림이다.

마치 투명한 잔 속에 든 얼그레이의 색깔 같은 적갈색의 머리카락을 가진 사이렌이 리라를 든 채 호기심 가득한 눈빛을 하고 한 남자를 내려다보고 있다. 남자의 짙은 회색 눈동자는 이미 그의 영혼이 사이렌에게 사로잡혔다는 것을 보여준다. 아름다움에 대한 경외일까, 그의 입이 살짝 벌어져 있다. 좌초된 배의 나뭇조각을 붙잡고 거기까지 와서 바위를 붙잡는 데는 성공한 것 같지만 이미 홀려버린 그의 상태로는 사이렌이 슬쩍 건드리기만 해도 손이 미끄러질 것이고 그의 육신은 바다 속으로 가라앉고 말 것이다. 어쩌면 사이렌은 어느 순간에 그의 손을 밀쳐내야

하는지, 그때에 그가 정신을 차리고 살려달라고 소리를 지를지 혹은 마법에 걸린 행복한 상태로 최후를 받아들일 것인지를 궁금해 하고 있는지도.

뱃사람의 입장에서 보면 참 잔인하다. 하지만 사이렌이 홀릴 수밖에 없을 정도로 치명적이라는 사실에는 변함없다. 그러고 보니 지금 마시는 얼그레이 또한 나에겐 사이렌 같은 치명적 마력을 가진 차가 아닌가!

영국에서 처음 마셔보고 홀딱 반한 뒤로 어떤 브랜드이든 상관없이 '얼그레이'라는 이름만 발견하면 마셔보지 않고는 못 배기게 됐다. 베르가못 가향이 뭐 그리 대단하다고, 하며 간단히 넘어갈 일이 아니다. 브랜드마다 가향 종류가 다양하고 비율도 다르고 찻잎으로 사용하는 홍차의 종류도 각각 다르기에 맛도 미묘하게 차이가 나서 마셔보기 전까지는 알 수 없는 것이다. 물론 '헉' 소리 나게 맛이 없다거나 기대에 못 미치는 맛으로 실망하는 경우도 있다. 만약 '얼그레이'라는 이름이 사이렌의 노래라면 몇몇 끔찍한 맛이란 슬픈 결과는 선원들이 맞이하는 최후라고 볼 수 있겠다.

파도 소리를 들으며 차를 홀짝이는데 문득 안데르센의 『인어공주』가 사이렌의 전설에서 착안해서 고안된 이야기가 아닐까, 하는 물음표가 찾아들었다.

그리고 남자인 안데르센이 자신의 작품을 통해 뱃사람들의 복수를 해낸 것 같다는 생각도.

안데르센은 사이렌의 거침없는 성격을 착하고 순하게 바꿨다. 인간 남자를 꾀어내어 죽음으로 몰고 가는 대신 구해주는 것도 모자라 사랑하게 만들었다. 뱃사람들을 홀리게 하던 목소리를 마녀가 빼앗게 했다. 그 대가로 인간이 되었지만 마력의 목소리 없이는 어떻게도 사랑을 얻을 수 없었기에 결국 한낱 파도에 부서지는 물거품으로 사라지게 했다.

그렇게 사이렌을 죽음으로 몰고 감으로써 남자들의 복수를 완수해낸 셈이다.

안데르센이 1800년대 사람이고 그 시절에 표현된 사이렌의 이미지가 이미 상당부분 '인어화'되어 있었음을 고려했을 때 꽤 그럴싸한 추론이라고 본다.

원래 사이렌의 노랫소리를 듣고도 살아남는 자가 있으면 그에게는 지혜의 축복이 내린다더니, 바다로 뛰어들지 않고 얌전히 앉아 차를 마시는 나에게도 그런 행운이 잠시 찾아왔던 것이 아닐까.

갑자기 쌀쌀해져서 둘러보니 해가 섬 뒤로 숨어서 해운대로 검붉은 그늘이 드리워지기 시작했다. 부르르 떨며 서둘러 짐을 챙긴 뒤, 배낭을 다시 메고 터벅터벅 모래 위를 걷다가 사이렌 로고가 나를 반기는 카페로 들어갔다.

버릇처럼 얼그레이를 시키려다 고개를 흔들고 잉글리시 브렉퍼스트를 시킨다.

우유를 듬뿍 부어 마시니 몸속의 한기가 녹아내리면서 노곤한 느낌
이 들며 기분이 좋아진다.

집에서 나와 부산역까지 일곱 시간이 걸렸고 해운대까지 한 시간이
더 걸렸는데 다시 집으로 가는 길은 어떨지에 대한 생각을 벌써 하지는
말기로 한다. 창밖의 보랏빛 바다가 아직 못 다 들은 노래를 불러주고
있으니까.

:: 피그말리온(Pigmalione) | Giulio bargellini | 1896

09_보이청병
기다리는 자에게 복이 있나니

꼭 찾고 싶은 자료가 있어서 책꽂이를 샅샅이 뒤지던 날이었다. 그 사이에서 얌전히 종이 상자에 담겨 나를 기다리던 10년도 넘은 보이청병이 눈에 포착됐다.

'으음, 우선 이 녀석부터 마셔봐야겠군.'

포장을 펼치고 자개 장식이 반짝이는 차칼(원래는 편지칼)을 가져다가 살살 옆구리를 찔러 한 조각을 떼어낸다. 지난번(그게 벌써 수년 전의 일)에 마셨던 것보다 미묘하게 수월했다. 차가 잘 익어가고 있다는 기분 좋은 신호.

익어가는 향기를 흐뭇해하며 개완을 꺼낸다. 가장 먼저 예열도 해줄 겸 뜨거운 물로 잠들어 있던 찻잎을 흔들어 깨운다. 물을 버리자마자 잠에서 일어난 찻잎을 우려낸다.

주홍빛의 맑은 차가 공도배에 담긴다. 슬쩍 개완 뚜껑을 열고 킁킁거렸더니 뜨거운 수증기가 훅 지나가고, 달착지근하면서도 화사한 생차 특유의 꽃향기와 오래된 나무가 많은 숲속으로 들어가면 나는 냄새와 비슷한 특징을 가진 숙차의 향기가 뒤섞여서 지나간다.

맛도 마찬가지다. 부드럽고 달달한 맛이어서 잘 익었구나 하면 무슨 소리냐고, 나 아직 팔팔하다고 쌉쌀하면서도 찌르르한, 각 잡힌 생병의 맛들이 목소리를 낸다. 이 오묘한 매력에 푹 빠져서 홀짝홀짝 잔이 비워지면 채우고 또 채우고를 반복한다.

'이 녀석은 분명 끝까지 맛있게 익을 거야.'

별로 한 것 없이 이만큼 왔다면 앞으로도 그럴 거라는 믿음 같은 것이 생긴다. 처음 이 청병을 만났을 때도 그랬다. 3년쯤 지난 청병이라고 했던가. 지인이 슬쩍 맛이나 보라고 우려준 차였는데 맛있게 익을 것 같다며 호들갑을 떨었더니 흔쾌히 준 것을 받아왔더랬다.

이런 걸 피그말리온 효과라고 한다지. 그러고 보면 좋은 생차가 만들어지고 익어가는 과정이 피그말리온의 신화와 참 많이 닮아 있다는 생각이 든다.

피그말리온은 키프로스 섬의 뛰어난 예술가였다. 혹자는 그가 왕이었다고도 하는데 성적으로 문란한 섬의 여자들에게 혐오감을 느꼈다는 것을 보면 왕은 아니었다는 게 내 생각이다. 만약 그랬다면 매춘 등을 금지하고 문란함을 제한하는 법률을 제정할 수 있었을 것이 아닌가. 어쨌든 피와 살이 있는 여인들은 외면한 채 그는 고귀한 재료인 상아로 결점 없는 이상적인 여성을 조각한다. 얼마나 잘 만들었는지 다 만들어 놓고도 너무 마음에 들어서 그는 그 조각상을 실제 살아 있는 여자 대하듯이 했다. 아름다운 옷과 장신구 같은 선물을 가져다주는 것은 기본이고, 너무 오래 서 있으면 힘들다고 눕혀주기까지. 결국 그는 자신의 피조물인 조각상과 사랑에 빠져 그녀를 간절히 원하게 되고 말았다. 그럼 뭐하나, 몇 번이고 그녀의 입술에 자신의 입술을 가져다 대보지만 차갑

보이청병은 중국 운남성 대엽종 차나무에서 채취한 잎을 햇볕에 말린 쇄청모차를 원료로 한다. 이 모차를 특정한 크기로 긴압해서 둥글고 납작한 모양으로 만들어낸다. 재배냐 야생이냐, 구체적으로 운남 어느 지역의 찻잎이냐 등 원료도 매우 중요하지만, 온도와 습도를 세심하게 조절해서 만들지 않으면 제대로 된 후발효가 일어나지 않는다.

고 딱딱했을 뿐.

좋은 보이청병을 만들기 위해서도 피그말리온처럼 뛰어난 기술이 필요하다. 가장 완벽한 날, 정확한 시간에 숙련된 기술자들이 좋은 차나무에 난 잎들을 따야 한다. 결점 없는 재료들을 완벽한 기후 조건에서 적절하게 말리고 모양을 만들어 다시 말리는 과정을 거치면 우리가 흔히 보는 둥글고 얇은 보이청병이 완성된다. 좋을수록 윤기가 흐르면서 금색 솜털이 난 싹들이 다른 잎들과 함께 또렷한 모양을 유지하고 있다. 사실 그렇게 잘 만들어진 보이청병을 만나면 '쟁여두고 마시자'는 심리가 발동, 스르르 지갑을 열고 여건이 허락하는 만큼 사게 된다. 그리고 어떠한 이유에서든 마시기 위한 한 편을 제외한 나머지 차는 소중히, 습도가 낮고 통풍이 잘 되고 그늘진 곳에 두고 잘 익어가길 기도하는 것이다. 혹시 보관한 장소의 조건이 변한 것 같으면 다시 적합한 장소를 찾아 보관하려는 노력은 너무나도 자연스럽다. 이미 뜯어서 먹기 시작한 한 편을 이따금 뜯어 마셔보지만 세월이 충분하지 않았다면 아직 익지 않았을 것이 뻔하다. 그저 잘 익을 거라 믿고 진득하게 기다려야 한다.

키프로스 섬의 수호신인 아프로디테의 축제일에 피그말리온은 여신에게 정성껏 마련한 제물을 바치며 차마 제 조각상을 아내로 맞이하게 해달라고는 하지 못하고 그와 같은 아내를 맞이할 수 있게 해달라고 빌었다. 그러자 전능한 존재, 그 이름은 신이라. 미의 여신 아프로디테가 피그말리온의 간절한 마음에 감동 받아 그의 소원을 들어주기로 한다. 이후 이야기는 어느 정도 예측이 가능할 것이다. 조각상이 그가 꿈에도 그리던 아름답고 이상적인 여인의 모습으로 변신했고 그 둘은 아프로디테의 축복 아래 결혼해서 영원히 행복하게 잘 살았다나 뭐라나.

차가 익는 데는 시간이 필요한 법이니 인내심을 가지고 기다려야 한다. 그나마 내가 더할 수 있는 건 차가 맛있게 익고 있으리라는 긍정적 기대감이다. 잊고 지내다 한번쯤은 어떻게 익어가고 있는지 보기 위해서 보이청병 한 조각을 떼어내어 마셔보는 일을 수행한다. 혹시 습을 먹은 것은 아닌지, 잡내가 침투하지는 않았는지 세심하게 살피고 체크하는 과정이다. 별 문제가 없으면 안심하면서 다시 다음 해를 기약하는 것이다.

슬프게도 보이청병이 맛있게 익는 데에 신의 손길 같은 건 없다. 이 모든 것은 처음에 차를 만든 사람의 손과 보관하는 사람의 손에 달려 있다. 잘 만들어진 차는 맛있게 익을 자질을 갖춘 것이고 좋은 조건에서 보관하는 시간이 만나면 보이청병은 차 좋아하는 사람들이 꿈에도 그리는 중후하고도 부드럽고 달콤한, 그야말로 맛있는 보이차로 변신하는 것이다.

자신이 심혈을 기울인 작품이 실제로 살아나 사랑하는 존재로 현현했다는 피그말리온의 전설은 수많은 남성 예술가들이 열광할 만할 소

재였다. 참 많은 그림, 조각, 소설, 연극, 영화로 재연되고 각색되었다. 대개는 피그말리온이 조각상과 키스하는 장면이거나 사람이 된 조각상을 경외하는 눈빛으로 바라보는 장면을 드라마틱하게 그려낸 것이다. 하지만 나의 마음을 사로잡은 그림은 줄리오 바르젤리니의 〈피그말리온〉이었다.

남들은 축제의 여운에 흥청거렸지만 조용히 자신의 도리를 다하고 터벅터벅 홀로 집으로 돌아온 피그말리온이 문을 열고 들어왔을 때 눈앞에서 일어난 장면을 보면서도 도저히 믿을 수가 없다. 그녀가, 그토록 사랑했던 그녀가 진짜 사람으로 변해가고 있다. 더군다나 그녀는 사랑하는 그가 돌아오길 기다렸다는 듯 가슴을 활짝 펴고 환영의 인사로 커다란 분홍 꽃을 내밀고 있다. 곱슬곱슬 부풀어 오른 그녀의 붉은 머리가 얼마나 사랑스러운지 모른다. 아마도 발까지 다 변화가 끝나 자유롭게 몸을 움직일 수 있게 되자마자 폴짝 폴짝 뛰어 놀라서 꼼짝도 못한 채 나자빠져 있는 피그말리온을 일으켜 세우고 꽃을 건넨 뒤 이렇게 말하지 않을까.

"뭐해요, 어서 키스해줘요!"

그림에는 통통 튀는 생생한 매력과 아직 변하지 않은 부분에 대한 기대감, 변화가 완성됐을 때 일어날 사건에 대해서 상상하게 하는 긴장감이 존재한다. 아직 꽃의 향기를 간직한 채 점차 붉은 색으로 변해가는 10년이 지난 보이청병이랑 비슷하다. 뭔가 중간에 잘못될 수도 있다는 긴장감을 늦출 수는 없겠지만 어떤 보이숙병이 될지 즐거움이 있는 차.
　이렇게 맛있는데 한 10년 더 지나면 훨씬 맛있을 것이 분명하다고,
이번에도 피그말리온 효과의 주술을 걸며 찻자리를 정리한다.

피그말리온 효과 Pygmallion effect
긍정적인 기대, 관심으로 인해 능률 향상 및 나은 결과가 도출되는 현상.

:: 해바라기(Sunflowers) | Vincent Van Gogh | 1889

#10_적엽단총
광기 혹은 사랑

솔직히 처음부터 빈센트 반 고흐에게 호감을 가졌던 것은 아니다. 괴팍한 미술 선생에게 들었던, 그가 크리스마스 날 자기 귀를 잘라 짝사랑했던 윤락가의 여성에게 건넸다는 기괴한 이야기는 십대의 소녀에게 충격과 공포의 감정을 불러일으켰을 뿐이었다. 붕대를 감고 있는 〈자화상〉이나 〈감자 먹는 사람들〉 같은 어두컴컴한 그림도 고흐에 대한 이미지 쇄신에 전혀 도움이 되지 않았다.

그의 광기에 대한 두려움을 거둘 수 있었던 것은 그의 붓 터치를 생생하게 마주할 수 있는 그림들을 직접 보고 난 뒤부터였다. 그게 어디든 유럽의 유명한 박물관에서는 한두 점 정도 그의 그림을 반드시 볼 수 있었고, 워낙 강렬해서 알아보기 쉬웠으므로 반가운 친구를 만난 기분이 들곤 했다. 그러다가 마침내 암스테르담에서 빈센트 반 고흐 재단이 설립한 박물관을 둘러보며 내가 얼마나 그의 작품들을 사랑하는지 알게 됐다. 특히 기억에 남는 그림이 몇 점 있었다.

그중 하나가 〈까마귀가 있는 밀밭(1890)〉이었는데 아마도 내가 처음으로 본 그의 그림이 런던 내셔널 갤러리의 〈삼나무가 있는 밀밭(1889)〉인 것과 관련이 있을 것이다. 두 그림 사이에는 1년이란 시차가, 나의 런던과 암스테르담 사이에는 11년이라는 시차가 있는데, 그 사이 고흐의 밀밭은 색의 구성이 단순해지고 보색대비가 더 강렬해졌고 그 사이 나는 더 순해지고 희미해졌다.

그리고 〈해바라기〉.

고흐를 대표한다고 해도 과언이 아닌 이 그림은 사실 시리즈가 존재한다. 파리 시절의 네 점, 아를에서의 네 점과 그걸 다시 그린 세 점, 도합 열한 점이다. 반 고흐 박물관에서 봤던 것은 아를의 것을 다시 그린 것 중 하나였다. 나에게는 다섯 번째 해바라기.

그가 아를에서 해바라기를 그린 것은 친애하는 동료였던 고갱을 초대하면서 그가 머물 방을 아름답게 장식해주기 위해서였다. 사실 고흐는 아를에서 새로운 화파를 꾸리기 위한 도모를 하는 중이었지만 그에게 동조해주는 화가가 없었다. 그곳에 8주 머물렀던 고갱조차 실은 고흐의 동생 테오의 부탁으로 갔던 것이라는 이야기가 전해질 정도다. 이렇게 얼마간 같이 지내기는 했지만 둘의 너무나도 다른 성향은 끝내 거리를 좁히지 못했다. 고갱은 넌덜머리를 내며 떠났고 고흐는 절망한 채로 더더욱 깊숙이 자신만의 세계로 빠져들었다.

언제나 많이 좋아하는 쪽이 약자다. 고흐가 해바라기라면 고갱은 태양이었겠지. 신화에도 비슷한 이야기가 있다.

태양의 신 헬리오스는 어느 날 미의 여신 아프로디테가 전쟁의 신 아레스와 바람을 피우는 장면을 목격하게 됐다. 그리고 그것을 그녀의 남편인 대장장이의 신 헤파이스토스에게 알려주었다. 그 바람에 아프로디테는 톡톡히 망신살을 뻗치게 되고 헬리오스에게 앙심을 품게 되었

적엽단총은 광동성 조주에서 생산되는 단총차의 일종이다. 봉황산이 있는 이 지역 일대에서는 붉은색을 뜻하는 적(赤) 자가 실제로는 노란색을 의미하므로 실제 찻잎은 황색을 띤다. 찻물은 다른 단총에 비해 붉은 편이며 맛과 향의 조화가 완벽해 입안에서 균형을 이룬다. 일반적인 단총보다 예민해서 더 살살 우려야 한다.

다. 그녀는 그에게 주체할 수 없는 욕정을 품는 저주를 내렸고, 헬리오스는 임자 있는 몸이었음에도 수많은 염문을 뿌리게 된다.

그런 일련의 과정에서 클리티아를 만나게 된다. 물론 처음에 그는 열렬한 구애를 통해 그녀의 사랑을 얻었을 것이다. 그런데 오호, 통재라! 헬리오스가 레우코토에에게 마음을 빼앗기는 순간 그녀는 버림받고 말았다. 그는 레우코토에에게 자신의 유혹이 통하지 않자 심지어 그녀의 어머니 에우리노메의 모습으로 변신하기까지 해서 그녀를 차지한다. 이 소식을 알게 된 클리티아는 분노에 사로잡히게 되는데……

고흐와 고갱도 처음에는 고갱이 고흐에게 자신의 그림 한 점과 바꾸자고 먼저 제안했을 정도로 좋게 시작했다. 둘 다 비주류라는 같은 선상에서 출발했고 어찌 보면 실력은 고흐가 한 수 위에 있었던 것이다. 하지만 증권가에서 일했던 경력을 가진 고갱과 성직자가 되고 싶었으나 실패한 경력을 가진 고흐의 길은 곧 갈린다. 고갱의 그림이 그럭저럭 팔려나갈 동안 아무도 고흐의 그림을 사지 않았던 것이다.

클리티아는 레우코토에가 헬리오스한테 순결을 잃었다는 소문을 퍼뜨렸고 엄격한 그의 아버지는 태양신의 강압에 의한 일이었다는 딸의 이야기를 무시한 채 그녀를 산 채로 묻어버린다. 신이었지만 연인의 죽음을 막을 수 없었던 헬리오스는 레우코토에의 죽음을 슬퍼했을 뿐 클리티아에게로 돌아가지는 않았다. 결국 그녀는 아흐레 동안 머리도 풀어헤치고 식음을 전폐한 채 헬리오스의 태양 수레가 하늘을 가로지르

는 모습을 꼼짝도 하지 않고 바라만 보다가 결국 그 자리에 뿌리를 내리고 태양만 바라보는 꽃(많은 사람들이 해바라기라고 하는데 그 특징은 맞으나 해바라기가 세상에 등장한 것이 16세기였고, 그 출처가 남미였음을 고려할 때 더 정확하게는 같은 향일성 식물인 헬리오트로프)이 되었다.

고흐는 고갱이 떠난 다음 날인 1889년 12월 25일에 귀를 잘라 윤락가의 여인에게 건넸다. 그래서 사람들은 그가 고갱에게 연인의 정을 느

껐다는 둥 수군거렸지만 그런 입방아에는 관심이 없고 다만 그가 머리를 풀어헤치고 식음을 전폐한 클리티아와 비슷한 정신상태가 아니었을까 조심스럽게 상상해볼 뿐이다.

그녀가 해바라기 그 자체이자 전설이 됐다면 고흐는 해바라기를 그렸다. 고흐가 그걸 그리는 동안 얼마나 씁쓸한 기분이었을까 생각하지 않을 수 없었다. 고갱의 방을 장식하기 위한 원본을 그렸을 때만 해도 자신의 작품세계를 이해하고 앞으로 예술가로서 이어질 길을 함께 걸을 동료를 위한 것이란 애틋한 마음이 있었을 텐데.

다시 그 그림을 재현하면서 그는 철저히 혼자였다. 스스로 마음을 달래기라도 하듯 그림은 그때보다 밝은 노랑을 띤다.

아름다워서 슬픈 해바라기들을 떠올리며 적엽赤葉단총을 꺼낸다. 붉은 잎의 단총이란 뜻이지만 사실 누런빛이다. 이 단총이 나는 지역에서는 황색을 적색으로 표현하기 때문에 그런 이름이 붙었을 뿐이라고.

극렬한 질투에 휩싸여 악의적인 소문을 퍼뜨려 한 여인을 죽음으로까지 몰아갔으나 그 광기의 이면에는 주체할 수 없이 강렬한 사랑이 존재했던 클리티아의 마음, 그게 고갱과의 절교 때문인지 최근의 뉴스처럼 동생의 결혼 때문인지 몰라도 절망감에 휩싸여 귀를 잘라 누군가에게 건넸을지언정 예술에 대한 주체할 수 없는 열정이 있던 반 고흐의 마음은 같은 것이다. 누구든 두 이야기의 표면에서 '광기'를 끄집어내겠지만 슬쩍 표피를 들추면 '사랑'이라는 본질을 알아챌 수 있다.

　뜨겁게 예열해준 개완에 물을 살살 부어 우려낸 적엽단총은 '광기'이
든 '사랑'이든 어느 쪽도 양보할 수 없다는 듯 맛과 향의 완벽한 조화를
이루고 있다. 우아하게 올라오는 향기에서는 헬리오스와 클리티아가
희희낙락 행복했던 시간, 고흐가 고갱을 위한 해바라기를 그리며 자신
과 의기투합하여 새롭게 열어갈 예술의 지평에 대해 상상하며 흐뭇했
던 시간의 흔적이 담겨 있다. 달콤한 맛에서 그 여운이 이어지지만 이
내 쌉쌀한 맛의 기운이 삶이 그렇게 녹록한 줄 알았느냐며 슬며시 일침
을 가하는 것 같다. 고흐가 그린 해바라기 꽃잎처럼 진득한 황색의 탕
색을 바라보며 그럼에도 불구하고 클리티아는 아름다운 꽃으로 남았고
고흐는 셀 수도 없이 많은 사람들로부터 사랑받는 그림을 남기지 않았
는가, 생각하니 마음이 놓인다.

　입안에 남겨진 적엽단총의 또렷한 향기와 달콤하게 돌아오는 회감도
'그래, 그들의 삶이 그렇게 나쁜 것만은 아니었어!' 하고 위로해주는 듯
하다.

만약 당신이 춥다면, 차가 당신을 따뜻하게 해줄 거예요.
만약 당신이 열 받았다면, 차가 당신을 식혀줄 거예요.
만약 당신이 우울하다면, 차가 당신을 기쁘게 해줄 거예요.
단약 당신이 흥분했다면, 차가 당신을 진정시켜줄 거예요.

−윌리엄 글래드스턴

If you are cold, tea will warm you;
if you are too heated, it will cool you;
if you are depressed, it will cheer you;
if you are excited, it will calm you.

−William Ewart Gladstone

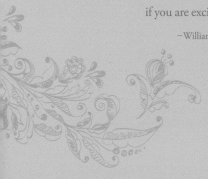

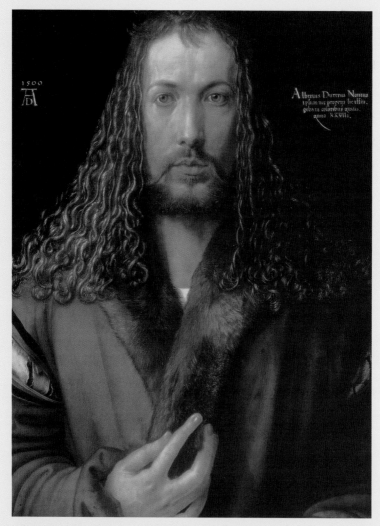

:: 자화상(Self—Portrait at 28) | Albrecht Durer | 1500

#11_육보차

나는 아름답다

아주 어렸을 때부터 혼자서 어디든 잘 쏘다녀서인지 어른이 되고부터
는 혼자 여행 다니는 걸 즐기게 됐다. 사진 찍히는 것을 딱히 좋아하는
것은 아니지만 그래도 여행까지 갔는데 그곳에 있는 나의 모습이 남지
않는다는 것에 대해서는 아쉬움을 가질 정도의 마음은 있었으므로 카
메라를 손에 들고 뻗어 셔터를 누르거나 타이머를 설정해두고 사진을
찍곤 했다. 타인에게 보이기 위한 사진이라기보다는 그 순간에 대한 의
미가 있는 나만의 개인적 기록이었다. 사람들은 이런 사진을 자신의 모
습을 직접 찍는다는 뜻을 담아 셀프 카메라, 줄여서 '셀카'라고 불렀다.

이런 기록적 의미는 소셜 네트워크가 등장하고 발달하면서 드라마틱
하게 변했다. 여기에 스마트폰의 발달이 가세하게 되면서 '셀카'가 전
세계적으로 열풍을 일으키기 시작함과 동시에, 문화적 현상으로 자리
잡았다. 영어에서는 셀피selfie라는 말을 정식으로 사전에 등록하기에 이
르렀고 인터넷에는 하루에도 수억 장의 셀카가 업로드 된다고 한다. 단
순히 기록이라는 의미를 지나 인터넷상에 올려 공유되고 노출되는 기
능을 가지게 된 것이다.

더 나은 셀카를 '건지기' 위해 팔 길이의 한계를 극복하고 최대한 넓
은 화각을 제공하기 위한 셀카봉이 등장했고 어떤 방법으로 찍어야 가
장 예쁘게 보일 수 있을지에 대한 팁을 알려주는 포스팅이 끊임없이 재
생산된다. 원래의 피부보다 화사한 톤과 생생한 색감을 살려주는 필터

를 장착한 카메라 앱은 계속 진화하며 인기리에 다운로드 되어 많은 사람들의 스마트폰에 설치된다. 사람들은 경쟁하듯이 더 독특한 상황에 놓인 자신을 과시하기 위해 극한의 성격을 가진 장소에서 혹은 사물 등과 사진을 찍는다.

상황이 이렇다 보니 셀카를 찍다가 죽는 사람들마저 생겨났다. 어디 아슬아슬 높은 곳에서 셀카를 찍다 추락해서 사망했다는 뉴스는 전 세계에서 들려오고, 총이 장전된 줄 모르고 셀카를 찍다 방아쇠를 당겨 죽은 사람, 운전하며 셀카를 찍다 사고가 나 사망한 사람, 기찻길에서 감전사하거나 기차에 치인 사람, 곰에게 공격당한 사람…… 들어도 들어도 충격적이고 황당한 이야기들의 목록은 쉽게 끝이 보이지 않는다. 상어에 잡아 먹혀 죽을 확률보다 셀카 찍다 죽을 확률이 더 높다는 농담 같은 진담이 있을 정도니 말 다했다.

이 모든 현상의 원조는 나르키소스다.

그는 물의 님프 리리오페의 아들로 눈부시게 아름다운 외모를 타고 났다고 전해진다. 하지만 그의 자존심이 철옹성 같이 너무 견고했기에 상처 받은 영혼만 하나둘(그중 가장 대표적인 예가 바로 메아리로 유명한 에코다) 늘어갔다. 결국 그를 향한 원망의 외침이 복수의 여신 네메시스의 귀로도 들어가고 말았다.

어느 날 나르키소스가 숲속으로 사냥을 갔다가 맑고 아름다운 샘물

🫖 육보차는 광서성에서 만들어지는 흑차의 일종이다. 창오현의 육보라는 지역에서 만들어져 이런 이름을 얻었다. 몸에 한기가 돌 때 마시면 곧 따뜻해지는 것을 느낄 수 있다. 악퇴하고 건조한 모차를 다시 조수하고 악퇴를 거친 뒤 증압해서 대바구니에 넣어 보관하는 것이 일반적인데, 이런 과정을 통해 특유의 빈랑향이 형성된다.

을 발견하게 된다. 더위도 식히고 갈증도 풀 겸 샘물로 다가간 순간, 그의 철옹성이 와르르 무너져버렸다. 그가 샘물 표면에 비친 너무나도 아름답고 완벽해 보이는 자신의 모습과 사랑에 빠져버린 것이다.

문제는 입을 맞추거나 만지려고만 하면 흔들리고 흐릿해졌다는 것이다. 잡힐 듯 바로 눈앞에 또렷하게 있지만 잡히지 않는, 그러다가도 금세 언제 그랬느냐는 듯 눈앞으로 돌아오는 이 존재를 사랑하는 것이 너무나도 비참하고 괴로웠지만 그만둘 수도 없었다. 그의 기력은 쇠해졌고 결국 죽음에 이르렀다. 심지어 죽은 후에도 그는 저승을 둘러싸고 흐르는 스틱스 강에 비친 자신의 모습을 들여다보았다고 한다. 한편, 그의 육신이 있던 자리에는 수선화(우리말로는 수선화지만 서양에서는 그의 이름 그대로 나르키소스라 부름)가 피어 있었다고.

이 신화로부터 자기애가 너무 강하거나 자신에 대해 과대평가하는 것을 이르는 '나르시시즘narcissism'이라는 단어가 나왔다. 많은 사회학자들이 현대인들이 SNS와 셀카에 중독된 현상을 두고 나르시시즘의 발현이라고들 이야기한다.

나도 여기에 숟가락 얹고 분석에 가담하겠다고 이런 이야기를 꺼낸 것은 아니다. 다만 나르키소스와 셀카 사이에 있었던 화가들의 자화상에 대해서 생각해보고 싶었던 것이다. 카메라가 발명되고 스마트폰에 이르러 인간이 폭발적으로 셀카를 찍고 SNS에 공유하기 전 가장 오래된 셀카의 형태는 화가들이 직접 자신의 얼굴을 그린 것일 테니까.

이런 전통은 꽤 오래 전부터 계속되어 왔을 것으로 생각되지만 작품으로 전해오는 것은 1400년대부터라고 알려져 있다. 레오나르도 다빈치, 라파엘, 렘브란트, 피카소, 에곤 쉴레……, 자화상 자체가 유명한 작가들이다. 사실 이들이 자화상을 그린 이유 중 하나는 모델을 구할 필요 없이 언제든 거울만 있으면 연습이 가능했기 때문이었다는 걸 보면 찍어줄 사람이 없어 스스로 셔터를 누르지 않으면 안 되는 셀카와 확실히 일맥상통하는 부분이 있다.

많고 많은 자화상 중에서도 내가 주목한 작품은 알브레히트 뒤러의 〈28세 때의 자화상〉이다.

뮌헨의 미술관 알테피나코텍에서 마주했을 때 압도당했던 기억이 있다. 작가가 분명 그림에 '나 뉘른베르크의 알브레히트 뒤러는 스물여덟 해의 적적한 색채로 자화상을 그렸다'고 기록해두었음에도 불구하고 사람들은 그 그림이 예수 그리스도를 그린 것이라고 오해했다고 한다. 그도 그럴 것이 화가가 자신의 모습을 전면에 내세워 작품의 형태로 그려내는 일이 흔치 않았을 뿐더러, 곱슬거리는 긴 머리에 정면을 응시하고 음울한 분위기를 풍기지만 반짝이는 눈빛에 수염이 난 남자의 모습이 여태껏 일반적으로 그려진 예수와 상당히 닮아 있었던 것이다.

붉은 빛을 띠며 고급스러운 느낌이 물씬 풍기는 갈색 모피 옷을 입은 스물여덟 살의 뒤러를 보고 있노라니 육보차 한 잔이 간절해져 자사호

를 꺼낸다. 뜨겁게 예열한 호에서 우러난 찻물이 뒤러가 걸친 모피 옷
의 색깔을 닮았다. 차에서는 마치 깊은 숲속에 지어진 오래된 오두막에
비 오는 날 앉아 있으면 맡을 수 있을 법한 향기가 난다. 지금이야 이게
빈랑향이라는 육보차의 독특한 향기라는 것을 알지만 차를 잘 모르던
시절에는 좋지 않은 보이숙차에서 나는 기괴한 냄새라고만 생각했다.
맛도 보이차보다는 가볍고 시원한 느낌이 있다. 오래된 목재가 젖었을
때 날 것 같은 특유의 맛도 매력적이다. 육보차의 붉은 갈색 기운이 따

뜻하게 온 몸으로 퍼져 나간다.

뒤러는 열세 살부터 자화상을 그렸다고 한다. 그리고 스물여덟이 되자 예술가인 자신을 세계를 창조하는 신의 뒤를 잇는 존재로서 그 고귀함을 드러내기 위한 자화상을 그렸다. 예수의 모습을 오버랩 시키고, 신분이 높아야 입을 수 있는 모피를 둘렀다. 그림 속 그의 모습이 위풍당당한 기세를 풍기는 걸 감상하는 사람도 감지할 수 있도록 다 계산됐던 셈이다. 그래서인지 이 자화상이야말로 요즘 사람들이 열심히 찍는 셀카와 어떤 의미에서는 가장 가까운 의도로 그려진 것이 아닐까 싶다. 다들 자신의 매력에 대해 어필하려고 열심이지 않은가.

뒤러의 시절에는 즉각적으로 타자의 반응을 볼 수 없었다면 요즘은 친구가 몇 명인지, 몇 명의 팔로워가 있는지, '좋아요', '하트', '공감', '댓글'을 몇 개 받았는지를 통해 즉각적으로 반응을 알 수 있다는 것이 다르다. 학자들은 열심히 셀카를 SNS에 올리는 사람들의 패턴에서 나르키소스의 공허한 죽음이 드리운 그림자를 보지만 나는 오히려 뒤러의 위풍당당함을 본다. 그의 작품세계가 깊어진 것처럼 사람들의 인생도 당당한 자신의 발견을 통해 깊어지기를 바란다. 세월이 흐르면 흐를수록 고유의 특징을 간직하면서도 맛의 층이 부드럽고 풍부해져 가치가 높아지는 좋은 육보차처럼 말이다.

:: 큐피드와 프시케(Cupid and Psyche) | William-Adolphe Bouguereau | 1875

#12_정산소종
포기하지 않는 자에게 축복 있을지니

회색으로 하늘이 잔뜩 꾸물거리는 날이면 으레 정산소종이 떠오른다. 습도가 높을수록 그 기분은 강렬해진다. 창문으로 톡톡 빗소리가 들리는 차분한 오후라면 더 고조된다. 그날도 그랬다. 비가 왔던 것은 아니지만 하늘이 온통 잿빛이었다. 뭐라도 내릴 것처럼 공기는 수분을 잔뜩 머금고 있었다. 몸에서 정산소종을 달라고 신호를 보냈다. 뭔가 할 일이 잔뜩 있었던 것 같은데 일단 그 신호를 감지하니 아무 것도 할 수가 없었다. 그냥 모든 일을 내려놓고 차나 우리기로.

검고 윤기 나는 건차가 얇고 길게 말려 있는 정산소종은 중국 복건성 무이산에 있는 동목관에서 만들어진 세계 최초의 홍차다. 세계 최초라고 하지만 처음부터 의도해서 만들어진 것은 아니었다. 중국 청나라 초기에 무이산 지역으로 전쟁 통에 군대가 지나가게 됐다. 이 시기가 한창 무이암차를 만드는 시기였는데 차농들은 일단 목숨을 부지하기 위해 차를 만들다가 말고 피신했다. 차창을 점령한 군대는 그곳에서 먹고 자고 하면서 지내다가 이동했고, 차농들이 돌아와 보니 만들던 암차들의 산화가 더 많이 진행되어 찻잎이 붉어진 것을 볼 수 있었다. 무이암차와 같은 우롱차는 까다로운 공정을 거쳐 탄생하는 차이기에 이들 입장에서 보기엔 '망한 것'이었다. 그래도 포기할 수 없었다. 귀한 찻잎들을 그냥 버릴 수 없었다. 그건 이들의 밥줄이기도 했다. 더 이상의 산화를 막기 위해 찻잎을 건조시키는 것이 급선무여서 주변에 있는 소나무

가지들을 땔감으로 해 와서는 제다를 마무리했다.

그렇게 차가 완성되고 이를 시장에 내다 팔았는데 의외로 반응이 좋았다. 특히 당시에 여러 가지 이유로 중국을 어슬렁거리던 서양인들의 반응이 좋았다고 한다. 그러다가 1662년 찰스 2세의 왕비가 된 포르투갈 태생의 캐서린이 이 차를 지참품으로 영국에 가지고 온 덕분에 왕실은 물론 귀족층으로 정산소종의 존재가 알려지며 폭발적인 인기를 얻게 됐다.

하지만 동목관은 굉장히 협소한 지역으로 그곳에서 생산해내는 정산소종은 매우 한정적일 수밖에 없었고 늘어난 수요를 감당하지 못해 이차를 생산하는 지역이 점차 확장되어 외산소종이 탄생하게 됐다. 특히 당시에는 증가한 수출 수요를 맞추기 위해 정산소종 만드는 방법을 차용해서 탄양공부홍차라는 것을 만들었다고 한다. 동목관에서 생산되는 차는 워낙 귀해서 거의 대부분 황실로 납품되었기 때문이다. 세월이 지나도 인기가 사그라지지 않아 현대에 이르러서는 찻잎에 훈연향만 입히는 연소종이 나타나게 됐다. 브랜드들은 저마다 이렇게 만들어진 차에도 정산소종이라는 이름을 붙여서 판다.

'망한 것'에서 출발한 차가 승승장구해서 세계적으로 널리 사랑받는 차가 됐다는 사실이 흥미로웠다. 실패했다고 포기한 것이 아니라 끝까지 노력한 덕에 독특한 풍미의 전혀 다른 종류의 가치를 가진 새로운 것이 만들어졌고 전 세계로 퍼져나가게 됐다.

🫖 정산소종은 복건성 무이산의 동목관에서 생산되는 홍차다. 역사상 세계 최초의 홍차가 바로 이 차다. 인기가 크게 높아지자 점차 더 넓은 지역에서 생산하게 되었고, 요즘에는 가향을 통해서 다양한 브랜드로 출시된다. 찻잎은 싹과 솜털이 없이 검고 윤기가 흐르며, 소나무 연기의 향이 느껴지는 특징을 가졌다.

정산소종을 시초로 해서 각종 새로운 홍차들이 앞다투어 만들어졌음을 말해 뭣하랴.

정산소종의 지난 일을 생각하고 있자니 신기하게도 닮은꼴인 큐피드와 프시케의 신화를 떠올리지 않을 수 없었다.

프시케는 어느 나라 왕의 셋째 딸이었다. 그 미모가 너무 뛰어나 사람들이 미의 여신 아프로디테 대신 그녀의 미를 숭배하기 시작했다. 화가 난 여신은 아들 큐피드에게 프시케가 추남과 사랑에 빠지도록 만들라고 명한다. 가벼운 마음으로 어머니의 명령을 이행하러 간 큐피드. 하지만 그 또한 아름다운 프시케의 모습에 놀라 화살로 자신의 몸에 상처를 내는 바람에 그녀와 사랑에 빠지게 되고, 결국 그는 어머니 몰래 아폴론에게 부탁해서 프시케의 아버지에게 신탁을 내려 그녀를 아내로 맞이하게 된다.

프시케는 조용히, 남편의 얼굴이나 실체는 모르는 채로, 그의 궁전에서 안락하고 호화로운 생활을 영위한다. 하지만 언니들의 질투로 강렬한 호기심을 품게 되고, 어둠 속에서 등잔을 밝히고 아름다운 남편의 실체를 발견하곤 깜짝 놀라게 된다. 그런데 놀란 나머지 실수로 뜨거운 기름 한 방울을 떨어뜨리는 바람에 큐피드가 잠에서 깨고, 프시케가 숨겨둔 칼을 보자 분노하게 된다. 프시케의 언니들이 괴물인 네 남편이 너를 잡아먹을지도 모르니 베개 밑에 칼을 감춰뒀다가 머리를 자르라는 조언도 했던 것이다. 이로써 프시케는 남편 큐피드의 분노를 사게 됐다. 당연히 그녀가 여태까지 가졌던 신혼의 단꿈도, 이제 막 실체를 알게 된 아름다운 남편과의 앞날도 산산이 부서져 공중분해 되고 그녀에겐 쓰디쓴 후회와 참혹한 눈물만이 남았다. 한마디로 '망한 것'이다.

연약한 영혼이었다면 좌절하고 절벽에서 몸을 던질 만도 하건만 마치 동목관의 차농들이 포기하지 않았던 것처럼 프시케는 거기서 멈추지 않았다. 다시 큐피드를 만나기 위해 온 세상을 찾아 헤맸다. 그렇게 흘러흘러 데미테르의 신전에서 아프로디테의 신전까지 도착했고, 그곳에서 연인의 어머니이자 분노한 여신의 다양한 시험을 거치게 된다. 커다란 곡물 창고에서 뒤섞인 다양한 곡식을 개미들의 도움을 받아 분류해내고, 적개심으로 가득한 위험한 황금 양들의 털 견본을 강의 신이 주는 도움으로 채취하고, 죽음의 신에게 덜미를 잡힐 위험을 무릅쓰고 페르세포네가 상자에 담아준 아름다움을 들고 지상으로 돌아온다. 그녀의 마음은 드디어 이루어질 남편과의 재회에 대한 상상과 기쁨으로 채워졌을 것이다. 그녀는 오랜만에 만나게 되는 남편에게 그간의 고생으로 상한 얼굴을 보이고 싶지 않았다. 비록 허락을 받지 않았으나 고생한 자신에게도 자격이 있다고 생각하며 그게 함정인 줄도 모르고 신의 아름다움을 조금만 나눠 쓰기를 선택한다. 그 대가는 깊고 깊은 잠이었다. 정말 '망한 것'이라는 생각이 들 수도 있는 지점이다. 하지만 다행히도 여태 그녀의 행보를 주시해왔던 큐피드가 나섰다. 깊은 잠에 빠진 그녀에게 날아가 그녀를 덮었던 잠을 걷어내고 화살로 깨운다.

  윌리엄 아돌프 보르게로가 이 순간을 참 아름답게 포착했다. 마음을 애태우며 지켜봤던 연인은 곧 그의 품에서 깨어날 것이다. 그간의 '망한 것'이라 믿었던 모든 것들이 드라마틱하게 의미를 가지게 되는 순간이다. 다른 그림들에서는 대개 큐피드의 날개가 깃털로 표현되는데 이 그림에서는 프시케ψυχή의 그리스어 뜻 중 하나인 나비의 그것으로 표현되어 있어 인상적이다. 영혼이 빠져나간 깊은 잠의 상태로부터 그가 직접 영혼ψυχή으로써 개입해 그녀를 깨우겠단 의미가 포함된 것이 아닐까.

  연인을 다시 품에 안은 큐피드는 제우스에게 둘의 사랑을 허락해달라는 진정을 내고, 결국 제우스는 프시케를 불러다 암브로시아를 권함으로써 그녀를 신으로 만들며 큐피드와의 사랑을 축복해준다. 그녀는 '망한 것'이 아니라 그 모든 역경을 극복하고 사랑을 이뤘을 뿐만 아니라 신이 되었다.

  자사호는 잔에 담을 수 있는 양보다 좀 더 많은 차를 우려낼 수 있었다. 공도배까지 꺼내가며 복잡한 것보다 단출하게 마시고 싶었기에 얼마만큼이 가장 적절한지 자사호에 붓는 뜨거운 물의 양을 가늠하며 차를 마셨다.

  잿빛으로 가득한 공기 가운데 차는 잔 속에서 홍차라는 분류에 충실하기로 결심이라도 한 듯 붉디붉다. 거기에 송연향이 사르르 올라오면

서도 상큼하고 달콤한 홍차 특유의 향기가 더해지니 가라앉기만 했던 기분이 슬쩍 올라오는 것을 느낄 수 있다. 원래 동목관이 있는 무이산은 무이암차의 고향으로 독특한 암운의 시원함이 일품인 곳이 아니던가! 이 정산소종은 어떤 맛으로 다가올지 기대감이 상승한다.

잔을 들어 한 모금 마시자 훈연의 느낌이 살짝 퍼지다가 드라이한 달콤함이 미각을 장악한다. 풍부한 홍차의 맛이 폴폴 퍼져 나가며 남긴 독특한 맛의 여운이 기분 좋다.

그나저나 나 또한 모든 역경을 무릅쓰며 열심히 살고 있으니 내 인생도 '망한 것'이 아니라 앞으로 반전이 있기를. 오, 제발……!

:: 불(Fire) | Giuseppe Arcimboldo | 1566

#13_안길백차

불타올라 신이 된 남자

컬렉션이 방대한 박물관을 유령처럼 떠돌다 보면 나중에는 이 유물이 그 유물 같고 저 그림이 이 그림 같아지곤 하는 기이한 현상을 체험하는 순간이 있다. 뇌가 한계점에 도달했음을 큰 소리로 선언하며 이제 집으로, 숙소로 돌아가라고 종용하는 것이다. 하지만 그런 시점이 지난 후에도 슬쩍 눈길을 주는 것만으로도 강렬한 인상을 깊게 남기는 작품도 있기 마련이다. 내겐 쥐세페 아르침볼도의 작품들이 그랬다.

슥 보면 사람을 그린 것인데, 자세히 보니 그 표현을 위한 재료가 다양했다.

꽃, 채소, 식재료, 어류, 조류 등 다양한 사물들이 모여 사람을 표현하고 있었다. 그런데 그게 억지스럽지 않고 자연스러웠다. 게다가 얼굴을 구성하는 제각각의 작은 사물은 또 본연의 모습이 세밀하게 표현됐다. 기이하지만 아름다운 그림들이었다.

가장 독특해 보였던 것이 〈불〉이었다. 머리 부분에서 활활 불타오르는 불길은 그림 속 인물이 황금 왕관을 쓴 것처럼 보이게 한다. 목걸이 속의 독수리 문장에서 합스부르크 왕조의 인물임을 알아챌 수 있다. 다른 그림들은 거의 대부분 자연에 가까운 소재들을 차용해서 구성해낸 반면, 〈불〉은 양초, 램프, 도화선, 권총, 대포 같은 문명에서 비롯된 물건들로 구성해서 채웠다. 황제가 자연으로서의 불도 관장하지만 무기에 존재하는 화염 또한 관장하는 존재임을 드러내는 것이다. 나 힘세니

누구든 건드리면 가만 안 두겠다는 경고처럼 보인다. 역시 불이란 것은 어쩔 수 없이 파괴적인 성격을 가지는 모양이다.

합스부르크 왕조의 위엄을 불로 드러낸 그림을 보고 있자니 그리스 신화 최고의 영웅이자 자신을 불살라 신의 반열에 오른 헤라클레스가 떠오른다.

전쟁 나갔다 돌아온 남편 암피테리온으로 변장한 제우스와 알크메네가 잉태해서 낳은 아들이 헤라클레스로, 그 사실 하나만으로도 그는 헤라의 증오를 받게 됐다. 독사를 보내 죽이려 시도하지만 맨손으로 두 마리 다 죽인다. 헤라클레스가 10개월 된 아기였던 시절의 일이 이 정도니 그의 앞에 놓인 인생길이 얼마나 험난할 여정일지는 불 보듯 훤한 일. 성격은 또 얼마나 불같은지 심한 꾸중을 듣고 화가 나 음악 선생님을 죽이질 않나(그리고 기가 막힌 변론을 펼쳐 재판에서 무죄 판결을 받아낸다), 이웃나라 왕이 가축을 해치는 사자 때문에 골머리를 앓자 사냥으로 퇴치해주기도 한다. 끓는 피를 주체하지 못해 돌아오는 길에는 괴롭힘을 당하는 나라를 구해주고 그곳의 공주와 결혼해 세 자녀를 낳았다. 거기서 알콩달콩 사는가 했더니 그가 잠시 자리를 비운 사이 쳐들어온 적이 가족을 죽이려 하는 순간에 나타나 멋지게 처치해 가족을 구하고, 아버지인 제우스에게 감사의 뜻으로 제사를 올린다.

남편이 인간과 바람이 나서 낳은 자식이 득의양양해하는 모습을 마

🫖 안길백차는 절강성 안길현에서 생산되는 녹차다. 백차라는 이름이 붙은 것은 차나무가

변이 과정을 통해 품종에 변화를 일으켜 엽록소 함량이 낮아져 일반적인 녹차보다 백색을 띠기

때문이다. 아미노산의 함량이 다른 차에 비해 두세 배 높아 면역력을 높이는 데 효과가 있다고

알려져 있으며, 그 뛰어난 맛과 향 덕분에 '녹차의 왕'이라는 별칭으로 불리기도 한다.

뜩치 않게 생각해온 헤라가 헤라클레스가 가진 '광기'라는 장작에 불을 지피자, 그는 즉시 구해낸 가족을 모두 활로 쏴 죽이고 이를 저지하려 하는 양아버지 암피테리온마저 죽이려고 했다. 아무리 생각해도 이건 아니다 싶었던 아테나가 개입해서 헤라클레스를 깊은 잠에 빠뜨린다.

잠에서 깨어나 그간의 일을 기억해낸 헤라클레스는 자결하려 했다. 그러나 테세우스가 그를 뜯어 말렸다. 그에게 내린 신탁은 미케네의 왕 에우리스테우스의 노예가 되라는 것이었다. 한편 헤라클레스의 존재를 두려워하던 에우리스테우스는 이 기회를 통해 그를 제거하고자 그에게 열 가지 임무를 부과하는데, 두 개는 과정 혹은 결과를 인정할 수 없다고 해서 나중에는 결국 열두 가지가 됐다.

어떤 무기로도 뚫리지 않는 가죽을 지닌 불사의 사자를 죽일 것, 잘라도 곧 다시 돋아나는 아홉 개의 머리를 가진 괴수 히드라를 죽일 것, 아르테미스 여신의 암사슴 케리네이아를 산 채로 잡아올 것, 거대한 에리만토스의 맷돼지를 잡아올 것, 천 마리가 넘는 가축의 배설물을 30년 동안 치우지 않은 아우게이아스의 축사를 치울 것, 스팀 팔로스 호수의 괴조를 처치할 것, 크레타의 황소를 잡아올 것, 트라케의 왕 디오메데스의 사람 잡아먹는 말을 산 채로 잡아올 것, 아마조네스의 여왕 히폴리테의 허리띠를 가져올 것, 머리와 몸통이 세 개씩 있는 괴물 게리온의 근사한 소떼를 몰아올 것, 석양의 님페들 헤스페리데스 자매가 지키는 정원의 황금사과를 훔쳐올 것, 하데스의 지하왕국을 지키는 머리 셋

달린 문지기 개 케르베로스를 잡아올 것.

　듣기만 해도 '헐!' 소리가 절로 나오는 미션들이다. 하지만 우리의 영웅 헤라클레스는 특유의 재치와 유머, 매력은 물론 엄청난 힘을 동원해서 이 모든 항목들을 클리어 해나간다.

　아르침볼도의 활활 타올라 폭발할 것만 같은 〈불〉에 이어 '불'같은 성격의 헤라클레스의 뜨거운 모험 이야기에 푹 빠져 있자니 뭔가 나의 얼굴도 발갛게 달아오르는 느낌이다. 이 열기를 식히고 싶어 녹차를 마시기로 했다. 냉동실 문을 열고 안길백차를 꺼낸다.

　이름에 백차가 들어가서 그런지 많은 사람들은 안길백차가 백차의 한 종류라고 오해한다. 하지만 엄연히 녹차에 속한다. 특수한 백엽차 품종에서 채엽해서 녹차 만드는 방법대로 생산한다. 품종 자체가 엽록소의 함량이 낮아서 언뜻 보기에 백차로 보일 수도 있다. 하지만 우려서 맛을 보면 특유의 풋풋하면서도 뛰어난 감칠맛이 느껴져 녹차라는 사실을 확실하게 알 수 있다.

　연둣빛을 띠면서도 하얀 솜털로 둘러싸인 뾰족뾰족 납작한 마른 찻잎을 아르침볼도의 그림 속의 타오르는 불 자리에 넣어보니 벌써 큰 불 하나가 진압된 것 같은 기분이다.

　맑고 투명에 가깝지만 자세히 보면 보이는 연둣빛이 다시금 이 차가 특수한 백엽차 품종이라 엽록소가 적다는 것을 알려준다. 향기는 청량

하게 올라와 퍼진다. 그러다가 맛에서 반전이 일어난다. 입에 착 달라붙는 감칠맛이 미각을 흔드는 것. 작은 잎에 색깔도 투명에 가까운 빛깔이라고 얕잡아보면 안 된다. 일반 녹차보다 아미노산 함량이 월등히 높아 깊으면서도 녹차가 가지는 상쾌함이라는 특징을 굳게 지키고 있다.

그럼 이쯤 해서 다시 헤라클레스로 돌아가 보자. 가슴에 뜨거운 불이라도 간직한 건지 피가 뜨거웠던 그는 세상을 떠돌았다. 예쁜 처자를 괴수로부터 구해내거나, 예쁜 공주를 아내로 맞이하기 위해 활쏘기 시합에 도전하거나, 그러다가 또 실수로 사람을 죽이는 바람에 노예로 팔려 갔다가 주인과 눈이 맞아 한동안 여장한 채로 살기도 했지만 데이아네이아라는 운명의 여인을 만나 결혼한다. 그리고 그들은 행복하게 살았습니다, 로 끝난다면 재미가 없지!

이 둘은 트라키스로 향하다가 교활한 네소스의 계략에 걸려들어 버렸다. 헤라클레스는 아내를 겁탈하려는 그를 죽음으로 응징했지만 네소스는 고이 죽을 생각이 없었다. 질투에 약한 여심을 이용해서 자신의 피가 사랑의 묘약이니 간직하고 있다가 필요한 순간에 쓰라고 거짓말을 한 것. 한동안은 쓸 일이 없었지만 결국 데이아네이아가 결과를 꿈에도 모른 채 그 묘약을 사용하는 날이 오고야 말았고, 헤라클레스는 고통을 참지 못해 스스로를 불태운다. 그렇게 인간의 육신에서 벗어나자, 마침내 그는 신이 되었다.

차를 다 우린 안길백차의 엽저는 탕색처럼 투명하고 맑다. 문득 헤라클레스와 참 닮았다는 생각이 든다. 인간과 신의 아들로 태어난 그, 녹차와 백차 그 중간지점의 안길백차. 수많은 역경과 모험, 안길백차 또한 하나의 품종으로 인정되고 녹차의 왕으로 여겨지기까지 복잡한 과정이 있었으리라. 아르침볼도의 그림처럼 불타올라 신이 된 그, 나에게 자신의 성분을 내어주고 희고 멀건 연둣빛 잎사귀로 돌아온 차.

뜨거웠던 나의 마음도 이제 차분해졌다. 올림포스에서 젊음의 여신과 결혼한 헤라클레스처럼.

:: 키티의 티파티(Kitty's Tea Party) | Harry Brooker | 1892

14_아쌈
티파티, 드레스 코드는 레드

티파티에 초대됐다. 드레스 코드는 레드. 어떤 옷을 입을까 고민하다가 버건디 색의 스커트에 아이보리와 빨간색 실로 순록을 예쁘게 표현한 스웨터를 떠올렸다. 적어도 한 번은, 혹은 두 번 정도 그런 옷을 입어도 되는 시즌이었으니 자리 깔아준다고 할 때 냉큼 꺼내어 입기로 한 것. 그리고 파티를 여는 주인에게 선물할 빨갛고 큼직한 사과를 봉투에 가득 담았다.

역시 평소의 나답게 길을 잃고 한참을 헤맨 뒤에야 겨우 도착한 티파티 장소는 참 아름다웠다. 다들 도착해서 각종 치즈와 벌꿀, 크래커 같은 애피타이저를 즐기고 있었다. 겉옷을 벗어두고 드레스 코드를 충실히 지켰는지 검사(?)를 받은 뒤에 착석할 수 있었다.

테이블은 차에 곁들여 즐길 수 있는 음식들과 크리스마스 데커레이션으로 잘 꾸며져 있었다. 큼지막한 번에 감자 샐러드가 넉넉하게 들어찬 샌드위치, 보는 것만으로도 상큼해지는 딸기, 촉촉한 초코가 먹음직스럽게 발라지고 그 위로 루돌프가 신이 난 크리스마스 케이크, 귀여운 눈사람 쿠키, 직접 정성을 담아 구워온 다양한 맛의 쿠키들……. 입에 침이 잔뜩 고이는 먹을거리 사이사이로 해마다 의미를 담은 크리스마스 장식을 산다는 주인이 조금씩 세계 곳곳에서 모아온 장식들이 자리를 빛내고 있었다. 내 앞엔 귀여운 눈사람. 10년도 넘는 세월이 믿기지 않을 정도로 멀쑥하고 귀여운 모습 그대로였다.

아쌈은 인도의 아쌈 지역에서 만들어지는 홍차다. 아쌈종 차나무는 1823년 영국 군인 로 버트 브루스 소령에 의해 알려지기 시작했다. 현재는 다른 품종과의 교배를 통해서 인도 외에도 스리랑카, 인도네시아, 아프리카 등지에서 재배되고 있다. 진한 몰트향과 탄닌의 강한 맛 때문에 우유를 섞어 밀크티로 마시는 경우가 많다.

　잔잔했다가 흥겨웠다가 하는 캐럴이 흐르는 가운데 모두 파티의 들뜬 기분으로 담소를 나누며 하하 호호 즐거웠다. 그 사이 슬며시 테이블에 등장한 차가 아쌈이었다.

　진득한 느낌의 붉은색이 시선을 사로잡았다. 한 모금 마시니 아쌈 특유의 묵직하면서도 기분 좋은 쌉쌀한 기운이 입으로 퍼진다. 평소에는 주로 우유를 넣어서 마시는 편이지만 이번엔 차를 홀짝이며 샌드위치를 곁들였더니 어느 한 쪽으로 밀리지 않고 맛의 균형이 잘 맞아서 좋았다. 다음으로 곁들인 건 루돌프가 장식된 초콜릿 롤 케이크. 촉촉하고 부드러운 식감에 눈이 번쩍 떠졌을 정도로 맛있다. 너무 맛있어서 자꾸만 먹었더니 한 조각이 눈 깜빡할 사이에 사라졌다. 어쩌면 올림포스의 신들이 연회에서 먹는 음식 중에 이런 케이크가 들어 있지는 않았을까 상상해볼 정도였다. 빈 접시를 바라보면서도 정말 다 먹었나 싶어 잠시 멍해지기까지 했다.

　그나저나 정말이지 신들의 연회는 어떤 모습이었을까?

　아무리 신화들을 뒤져봐도 어디 하나 그 장면을 구체적으로 말해주질 않는다. 그저 헤라나 아프로디테 같은 여신들이 연회를 위해 단장하고 떠났다든지 일이 꼬여 연회에 참석하지 못하게 되어 분노했다든지 그런 흔적만 남아 있을 뿐.

　그럼 신들이 먹은 음식은?

그 또한 불사의 음식이라는 의미를 가진 암브로시아나 신들의 음료라 알려진 꿀보다 달콤하고 꽃보다 향기로운 넥타르 정도 외에는 묘사되지 않았다. 대신 데미테르가 딸내미 페르소페네를 찾아 온 세상을 떠돌 때 그랬던 것처럼 이따금 신들이 인간으로 변한 모습으로 세상에 내려와 있을 때 인간의 가정집에 들르거나 초대받아 그들이 접대하는 음식을 먹었다는 이야기는 있다. 물론 인간에게 영생을 부여하는 암브로시아와 죽은 생명을 꽃으로 변화시키는 넥타르의 용도에 대해서는 여러 번 언급된다.

혹시나 하는 마음에 뭔가 사고가 남다르고 예술적 상상력이 풍부한 화가들은 어떻게든 자신이 생각하는 신들의 연회를 표현해놓지 않았을까 싶어서 여러 작품들을 찾아본 적이 있다. 하지만 딱히 마음에 드는 작품은 찾을 수가 없었다. 그도 그럴 것이 음식보다는 다양한 신들의 특징을 포착해서 표현하는 인물들 중심이거나, 그 미지의 연회를 무조건 이국적이고 독특한 동물이나 물건들로 채워버리거나, 그림을 그린 당시의 귀족적인 고급 음식과 악기까지 끌어다 붙였으니 설득력이 없었다. 역시 그건 그저 상상의 영역인가, 한숨을 내쉬며 찻잔을 들어 아쌈을 한 모금 마셨다. 케이크가 남긴 달콤하고 행복한 여운을 깔끔하게 정리해줬다.

이후로도 얼그레이와 영국 여왕의 업적을 기리기 위한 블렌딩의 차가 내 앞에 놓인 예쁜 잔에 채워졌고, 새콤한 레몬 파운드케이크와 각

종 쿠키들이 수다의 안주가 되어주었다.

잔은 자꾸만 비워지고 채워졌고 행복하고 즐거운 이야기도 우스꽝스러우면서 슬픈 이야기도 조금은 비극적인 이야기도 테이블 위에서 버무려져 웃음과 위로와 공감이라는 이름을 달고 다시 공기 중으로 흩어졌다.

티파티가 파하고 집으로 돌아오는 버스 안에서 여전히 뱃속을 간질이는 즐거웠던 시간의 여운을 음미하다가 아쌈을 마시며 생각했던 신들의 연회에 대한 생각으로 돌아갔다. 어떻게든 나의 상상력을 총동원해서 그 모습을 구성해보려고 하는데 슬그머니 그림 하나가 들어와서는 자리를 잡는다.

영국 런던 출신의 풍속화가 해리 브루커의 〈키티의 티파티〉.

처음에는 당혹스러웠다. 산해진미는 기본이요 인간은 풍문으로만 들었을 진기한 음식과 음료가 거대한 테이블을 가득 채웠을 올림포스 산에서 열리는 신들의 연회와 그냥 평범한 집안의 아이들이 소꿉놀이로 검은 고양이 한 마리와 즐기는 티파티 사이의 간극은 형언할 수 없을 정도로 큰 것만 같았기 때문이다.

빅토리아 시대의 평범한 가정집의 어느 방.

다섯 명의 아이들이 옹기종기 모여 티파티 소꿉놀이를 하고 있다. 엄마는 친구가 놀러 온 큰딸에게 케이크를 공평하게 잘라서 동생들에게

도 나눠주라는 막중한 임무를 맡겼다. 남동생은 여자아이들과 어울리는 것이 영 마음에 들지 않지만 그럼에도 불구하고 케이크의 유혹이 너무나도 강렬했다. 얌전히 엄마가 '너에게만 특별히 주는 것'이라며 설탕을 듬뿍 넣어 만들어준 밀크티를 마시며 케이크가 분배되는 순간을 기다리고 있다. 아직 고양이가 무서운 막내 꼬맹이는 언니가 준 찻잔을 들고 얌전히 앉아 기다리고, 호기심 많은 셋째는 고양이가 자신이 내민 우유를 핥아 먹을지 궁금한 눈치다.

아마도 엄마는 소꿉놀이 티 포트에도 밀크티를 담아줬을 것이다.

케이크가 공평하게 다 잘라지면 큰딸은 짐짓 과장된 몸짓으로 날씨와

안부를 물으며 손님들의 잔에 차를 따라 나눠줄 것이다. 그러면 아이들
은 또 저마다 상상의 나래를 펼쳐 자신들의 근황에 대해 늘어놓겠지.

이 아이들이 어떤 표정과 말투로 무슨 대답을 내놓을지 상상하는데
너무 개성 넘치고 귀여워서 나도 모르게 웃음이 새어나왔다. 그리고 거
의 동시에 아까 느꼈던 간극이 확 줄어드는 것도 느낄 수 있었다.

누구도 만족스럽게 묘사할 수 없었던 신들의 연회는 상상력의 영역
이다. 검은 고양이를 티파티의 주최자로 상상하는 아이들은 아마도 자
신들의 깜냥에서 가장 화려하고 아름다운 티파티에 참여하고 있다고
생각할 것이다. 그들에겐 큰언니, 큰누나가 잘라준 케이크와 작은 잔에
담긴 밀크티가 암브로시아나 넥타르 못지않은 것이리라. 비록 영생을
얻지는 못하겠지만.

이 둘을 연결하는 건 결국 상상력이었던 거다.

이런 생각에 골몰하느라 두 정거장이나 지나서 내리는 바람에 집까
지 한참 걸어왔지만 발걸음만은 참 가벼웠단 이야기.

:: 페르세포네(Persephone) | Dante Gabriel Rossetti | 1874

사계절의 기원, 석류

엄동설한이 지나면 따스한 미풍이 불어오기 시작하고 마르고 앙상했던 가지에 물이 올라 꽃망울을 터뜨리는 봄이 온다. 농부들이 땅을 고르고 파종하는 시간. 그리고 곧 태양이 작열하고 숲과 산에 녹음이 우거지는 여름이 영원히 끝나지 않을 것 같은 더위를 가지고 오지만, 시원하게 느껴지던 바람이 차갑게 느껴지는 때가 기어이 찾아온다. 여름 내내 흘린 땀을 보상받는 시간이다. 수확의 풍요를 즐기는 시간. 나뭇잎들은 슬슬 겨울을 견딜 준비를 시작한다. 제 몸에 붙었던 잎사귀들의 색깔을 아름답게 불태우고는 다 떨어뜨린다. 차갑던 바람은 점점 칼날같이 혹독한 바람으로 바뀐다. 비닐하우스가 발달한 요즘에야 농부들이 계절에 관계없이 바쁘지만 옛날에는 겨울이 참 힘든 계절이었다. 넉넉하게 비축해놓은 식량 없이는 견디기 쉽지 않은 시간. 밀레니엄 시대의 도시 한복판에 사는 나에게도 겨울이란 난방비 걱정에 한없이 소심해지는 시간이다.

　대체 누가 이렇게 변화무쌍한 사계절을 만들었을까? 물론 교육 과정을 통해 지구의 자전과 공전, 해류와 기류의 이동 등에 의한 것이란 사실을 알게 됐지만 여전히 매년 계절의 변화는 신기하게만 느껴지는 자연의 활동이다. 확실히 과학이 발달한 다음에는 낭만이 많이 사라지긴 했다. 그럼 낭만이 죽지 않았던 옛날에는 이 현상을 어떻게 설명했을까? 고대 그리스 사람들은 이런 계절의 변화를 설명하기 위해서 데미테

르와 페르세포네라는 여신들을 전면에 내세운다.

페르세포네는 제우스와 대지의 여신 데미테르 사이에서 태어난 딸이다. 어머니는 딸이 뛰어난 미모 때문에 인생이 순탄치 않을 것을 간파하고 어느 작은 섬에 숨겨놓고 키웠다. 하지만 소문은 한 줄기 바람에도 실려 퍼져나가는 법. 페르세포네의 미모에 반한 지하의 신 하데스가 제우스를 달달 볶았다. 그러자 제우스는 슬쩍 예쁜 꽃을 피게 해서 페르세포네를 유인하고, 그 틈에 하데스가 지하에서 마차를 끌고 땅을 가르고 올라와 그녀를 납치해서 지하세계로 돌아간다.

딸의 실종은 어미의 절망을 야기했다. 데미테르는 자신의 일을 방치한 채 세계 방방곡곡을 떠돌며 딸을 찾아 헤맸다. 대지는 점점 황폐화됐고 인간의 삶이 힘들어지니 그들이 지내는 제사도 형편없어지고 신들도 불만이 많아졌다. 결국 이 일에 일조한 제우스가 넌지시 하데스에게서 딸을 돌려주라고 압박을 가한다. 그러나 사랑하는 부인을 뺏길 생각이 없던 하데스가 이미 손을 써둔 뒤였다. 지하세계에서 난 음식을 먹거나 음료를 마시면 지상으로 돌아갈 수 없다는 원칙을 이용, 페르세포네에게 석류를 먹인 것이다. 하데스는 이를 이유로 들며 보낼 수 없다고 했지만 아무래도 데미테르를 진정시키지 않으면 안 되겠다고 판단한 제우스의 중재로 일 년의 반은 어머니와, 나머지 반은 남편과 보내기로 한다. 그래서 대지는 두 모녀가 함께 있을 때는 풍요롭다가 페르세포네가 하데스에게로 돌아가면 추워지는 것이다.

이 얼마나 낭만적인가.

수많은 예술가들이 이 신화에서 영감을 얻어 작품을 쏟아냈다. 그중에서도 내가 으뜸으로 꼽는 작품은 단테 가브리엘 로세티의 〈페르세포네〉다.

페르세포네가 가만히 발코니에 서 있다. 향유가 타오르며 내는 향기가 그녀 주변을 감싸고 그녀는 왼손에 석류를 들고 있다. 왼손을 붙잡은 오른손은 그걸 먹으면 무슨 일이 일어나는지 알아내기라도 한 것 같다. 그녀가 한 입 베어 먹으려는 것을 저지하려는 것인지 이미 지하세계의 음식을 먹음으로써 돌이킬 수 없는 결과를 보게 될 것에 대해 통탄하는 것인지는 모르겠다. 어느 쪽이든 그녀는 석류를 먹게 될 것이고 그로 인해 지하세계에 일정 기간 동안은 머물러야 할 것이다. 붉은 석류와 대조되며 그녀가 입은 푸른 드레스가 만들어낸 곡선들이 흘러 마지막에 소용돌이를 일으키며 떨어진 모습도 굉장히 섬세하다.

우리의 삶에 사계절을 선물해준 페르세포네의 석류를 들여다보고 있자니 이스탄불에 머물렀을 때 걷다가 목이 마르면 아무 행상에나 가서 사서 '원샷'하던 석류 주스가 떠올랐다. 예외 없이 '아름답다', '예쁘다' 같은 말과 윙크를 덤으로 건네던 주스 가게 주인장들은 주문과 동시에 석류를 반으로 갈라 압착기로 짜낸 새빨간 액체를 건네곤 했다. 그게 생각만큼 달콤하지는 않았지만 갈증을 달래주고 고혹적인 색깔을 감상

후르츠 인퓨전은 일명 '하와이 무궁화' 히비스커스, 로즈힙, 사과, 블루베리, 오렌지 껍질로 빨간 빛을 띠고 강렬하게 시고 단맛을 가졌다. 여기에 레몬그라스를 더해 단조로울 수도 있었을 맛에 무게를 주었다. 비타민이 풍부함은 물론 카테킨 갈산이 들어 있어 지방 생성을 억제하고 체지방을 감소시켜주는 효과가 있다.

할 수 있다는 것, 건강에 좋다는 이유만으로도 충분했다.

탁심거리를 달리던 빨간 전차마저 떠올라 뭔가 비슷한 것이 마시고 싶다고 생각하다가 후르츠 인퓨전을 마시면 되겠다며 혼자서 들떴다. 색깔을 감상하는 것이 포인트이니 유리 티포트를 꺼낸다. 로세티의 그림처럼 곡선이 아름다우면서도 아담한 크기의 유리잔이 있었다면 완벽했겠지만 대신에 예쁘장한 분홍빛 장미가 그려진 본차이나 잔을 꺼낸다. 잘 어울릴 것 같아서 대만 출신의 파인애플 케이크도 준비한다.

히비스커스, 로즈힙, 사과, 블루베리, 레몬그라스, 오렌지 껍질…….

듣기만 해도 상큼하고 싱그러운 향기가 느껴지는 이름들. 바싹 말라 있지만 뜨거운 물과 만나면 붉은 과일들 사이에 섞인 연둣빛 레몬그라스가 향을 돋움은 물론 맛에 무게를 실어줄 참이다.

재빠르게 우러난 후르츠 인퓨전의 색깔은 기억 속 석류 주스의 색깔처럼 투명하고 붉었다.

히비스커스와 로즈힙의 새콤함이 도드라지게 느껴졌지만 곧 다른 과일들도 치고 올라오며 자신의 존재를 알렸다. 생각보다 레몬그라스가 강렬하게 다가오지는 않았다. 오히려 잘 녹아들었다는 느낌.

새콤하고 살짝 쌉쌀하면서 달콤한 이 붉은 액체를 홀짝이며 혹시 페르세포네가 일부러 석류를 먹은 것은 아닐까 생각했던 적이 있음을 떠올렸다.

처음에 납치됐을 땐 그저 무섭고 끔찍하기만 했겠지만 시간이 지나

고 기다려도 엄마는 오지 않았고 비록 투박하고 이상형과는 멀었지만 하데스는 그녀를 진심으로 아껴줬다. 지상에 있을 때는 미처 몰랐으나 하계에는 그 나름의 기이하고 뒤틀린 아름다움이 존재한다는 것도 알게 됐다. 지하 세계의 여왕이라는 자리도 근사하게 느껴졌다. 결국 다시는 지상으로 돌아가지 못할지도 모른다는 위험을 무릅쓰기로 한다. 못 이기는 척 하데스가 건넨 석류를 몇 알 삼킨다.

혹시 데미테르가 내 시나리오를 들었으면 사랑스러운 딸이 그랬을리 없다며 나에게 경을 쳤겠지만 말이다.

꿀을 딱 한 스푼 넣고 휘휘 저어 마시면 맛있을 것 같다고 생각하다가 달콤함은 곁들인 파인애플 케이크에게 맡기기로 한다. 역시 예상 적중. 한 입 베어 문 케이크가 스르르 붉은 인퓨전으로 녹아들며 단맛이 더해졌고 가운데의 진득한 파인애플 잼으로 맛뿐만 아니라 향까지 훨씬 좋아졌다.

페르세포네가 진짜 원했던 것이 무엇인지는 모르겠지만 그녀가 석류를 먹었기 때문에 지하세계의 여왕이라는 지위와 사랑하는 엄마와 함께 지내는 시간 두 가지를 모두 가지게 됐다. 혹독하고 추운 겨울이 힘들 때도 있지만 소복소복 탐스럽게 눈 내리는 모습을 보고 있노라면 마음이 설레고 괜스레 행복해지므로(넌 대체 언제 철이 들 거냐는 모친의 잔소리도 꼭 따라오기 마련이지만) 나도 불만은 없다.

:: 주노에게 불평하는 공작새(The Peacock Complaining To Juno) | Gustave Moreau | 1881

#16_복전

보이는 것이 전부는 아니랍니다

만족스러운 포만감이 밀려올 때까지 기름진 음식들을 잔뜩 먹고 달콤한 디저트까지 챙겨 먹은 오후, 집에 돌아오자마자 후회가 들이닥치기 시작했다. 이런 때 스스로에게 내릴 수 있는 처방전이 하나 있다. 티폴리페놀, 식이섬유, 티플라빈 등의 다양한 성분이 풍부한 덕분에 지방류 배출에 효과적이라고 알려진 흑차를 마시는 것.

무슨 흑차를 마실까 찻장을 뒤지다가 차가 좋다는 이유로 친해진 언니가 자신의 차를 나누어 정성스레 종이에 싸서 건넨 복전을 발견했다. 어떤 맛일까 기대하며 종이를 펼쳤다가 깜짝 놀라고 말았다. 꽤 굵어 보이는 시커먼 나뭇가지(지름이 3~5mm는 되어 보이는)와 부스러진 찻잎들이 아무렇게나 뭉쳐 있고 그 위로는 노란 곰팡이들이 점점이 박혀 있다. 그 곰팡이의 정체가 금화이고, 좋은 조건에서 제대로 발효된 흑차에 생기는 것이란 사실을 알았기 망정이지 차의 ㅊ도 모르는 사람이 봤다면 상했다며 버렸을 거라는 생각에 미치자 그저 웃음만 나왔다.

낯선 차를 만났을 때 대개 처음에는 민낯을 보기 위해 개완에 우려서 마시는 편이지만 넉넉한 다우의 배려 덕분에 몇 번 더 마실 분량이 있어서 안심하고 흑차 전용 자사호를 꺼낼 수 있었다. 다구 예열에 찻잎을 헹궈내는 과정을 더했다. 뜨거운 물을 호에 가득 채우고 차가 우러나길 기다렸다가 호기심을 가득 안고 투명한 호박색 찻물을 잔에 따랐다. 주변으로 늦가을, 겨울을 부르는 비가 내린 뒤의 숲에서 날 법한 향기가

복전은 중국 호남성 안화 지방에서 만들어지는 흑차의 일종이다. 차나무의 나뭇가지까지 꺾어서 채취한 찻잎을 원료로 삼는다. 이름에 전이 붙었다는 것은 벽돌 모양으로 긴압했다는 뜻이다. 잘 익으면 금화라 부르는 관돌산낭균이 피는데 국화꽃 향기가 나서 붙여진 이름이라고 한다.

퍼져 나간다. 그리고 한 모금.

혀에 묵직하게 찻물이 얹어지는 느낌과 동시에 단 맛이 입안으로 사르르 퍼지면서 시원한 맛으로 바뀌더니 깔끔하게 떨어진다. 그러면서도 달콤한 여운이 남는다. 의외로 섬세한 맛이다. 아무리 금화가 피었다고 해도 워낙 거친 외양을 가졌던 차라서 솔직히 나조차도 정말 마셔도 될까 주춤했기에 어떤 맛을 낼지 예측할 수가 없었는데 이런 맛을 가졌을 줄이야!

역시 차란 마셔봐야 아는 것이다. 책이 표지만 봐서 내용을 알 수 없고 영화가 예고편이 재미있다고 전체 내용도 그럴 거라는 보장이 없듯이 말이다.

스르륵 어렸을 때의 기억 하나가 떠올랐다.

내가 다니던 유치원에는 작은 동물원이 있었다. 토끼, 닭, 칠면조, 공작새, 고슴도치 같은 작은 동물들이 있던 곳으로 아마 지금 가서 다시 본다면 사육장 정도의 수준이었겠지만 조그만 아이였던 내게 그곳은 동물원이었다. 거기서 나의 마음을 가장 끌었던 것은 공작이었다. 화려한 형형색색 신비한 빛깔의 깃털이 나를 매혹시켰다. 하지만 공작새가 꼬리를 펼친 모습을 보는 것은 쉽지 않았다. 나라는 아이도 꽤 끈질긴 면이 있어서 틈만 나면 그곳에 가서 네잎클로버를 찾으며 공작새가 꼬리를 펼치는 순간을 기다리곤 했는데 드디어 그 노력의 결실을 맺는 날

이 왔다.

공작이 축 쳐졌던 긴 꼬리를 들고 서서히 펼치고 있었다. 나의 눈은 반짝이고 심장은 두근거렸다. 셀 수 없는 신비한 패턴의 모양은 햇살을 받아 더욱 아름답게 빛났고 부채꼴로 꼬리가 완벽하게 펼쳐진 순간 공작새가 노래를 시작했다.

그 순간 어렸던 내가 느꼈던 감정은 공포에 가까웠다. 눈으로 보이는 고상하고 아름다운 존재로부터 흘러나오는 것이라고는 도저히 믿을 수 없을 만큼 기괴하고 기분 나쁜 소리였다. 평소에 귀에 거슬린다며 싫어했던 칠면조의 울음소리와 별반 다르지 않았던 것이다. 이후 한동안은 그곳에 가서 놀지 않았던 기억. 그럼에도 불구하고 공작새의 화려함은 여전히 너무나도 매혹적이었기에 나중에 어딘가에서 공작새를 만나면 눈을 떼지 못하기는 했지만 말이다.

공작새도 한때는 이런 자신의 처지를 비관했던 것 같다. 헤라에게 나이팅게일 같은 목소리를 주지 않았다고 불평했다고 한다. 그러자 헤라는 불같이 화를 내며 "신들은 모든 동물에게 각자 하나의 재능을 선물했는데 너에게는 사람들 눈을 호사시킬 정도로 보석 같은 아름다움을 주었건만 그렇게 불평한다면 깃털을 모조리 뽑아버리겠다"고 엄포를 놓았고 공작새는 찍소리도 못한 채 숙명을 받아들이기로 했다고.

이 순간을 잘 포착한 그림이 구스타프 모로의 〈주노에게 불평하는 공

작새〉다.

　나이팅게일이 지저귀는 가운데 공작새가 헤라를 바라보며 뭔가를 호
소하고 있고 여신은 자신의 평화를 방해하다니 무엄하다는 표정을 짓
고 있다. 이 광경을 구름 속의 독수리가 내려다보고 있는데 아마도 그
는 제우스일 것이다.

　따지고 보면 공작새의 보석 같이 빛나는 꼬리는 제우스가 이오라는
아리따운 처자와 바람을 피우는 바람에 생긴 것이 아니던가!

이야기인 즉, 제우스는 자주 그렇듯이 예쁜 인간 처녀 이오에게 반했고 각고의 노력을 기울인 끝에 기회를 잡아 두터운 구름 속에서 유혹에 성공한 뒤 이 사실이 발각될 것 같자 이오를 하얀 암소로 변신시켜 숨겨둔다. 낌새를 알아챈 헤라가 암소를 선물로 달라고 졸랐고 제우스는 울며 겨자 먹기로 이를 허락했다. 헤라는 아르고스라는 눈이 백 개 달려 잠들지 않는 사나운 개를 시켜 하얀 암소를 지키게 했고 자신 때문에 고생하는 애인이 안쓰러웠던 제우스는 헤르메스를 시켜 아르고스를 잠들게 해 죽인 뒤 이오를 구출해낸다.

이오를 놓치다니 분했지만 목동으로 변신한 헤르메스가 연주하는 피리 소리에 잠들지 않을 수 없었다는 사실을 이해하는 그녀는 아르고스를 불쌍히 여겨 백 개의 눈을 자신이 아끼는 공작새의 꼬리에 박아두었다는 것.

생긴 것과 달리 의외로 근사한 맛을 내는 복전을 홀짝이고 있노라니 무섭고 사나울 뿐만 아니라 눈이 백 개나 있었던 아르고스가 고상한 아름다움을 뽐내는 공작새의 꼬리로 변한 것과 닮았다는 생각이 들었다. 또한 공작새의 근사한 겉모습을 보고 기괴하게 느껴지는 울음소리를 상상할 수 없듯이 어느 늦가을 숲에 들어가 축축하게 젖은 낙엽과 부러진 나뭇가지를 한 움큼 집어온 것처럼 보이는 복전의 겉모습을 봐서는 투명한 호박색으로 찰랑이는 탕색과 달큰한 여운이 남는 시원한 맛을

상상할 수 없었으니 우리는 그저 겉모습을 보고 본질을 알 수 있다는 착각을 해서는 안 되겠다는 생각도.

뱃속이 한결 편해졌음을 느끼며 장난스러운 기분이 들어 만약에 헤라에게 왜 나에게는 먹어도 먹어도 살이 찌지 않는 체질과 지나가던 사람도 뒤돌아볼 만한 미모를 주지 않았느냐고 불평하면 뭐라고 대답할까 상상해봤다.

아마도 이러지 않았을까.

1. 콧방귀를 뀌며 웃는다.
2. 손사래를 친다.
3. 이렇게 말한다.
4. "얘야, 이번 생에는 틀렸어. 혹시 다음 생이라도 바라보고 싶다면 나라를 최소 세 번은 구하도록!"

하아, 역시 나오는 건 한숨뿐이지만 세상에는 보이는 것이 전부는 아니라는 사실을 아는 현명함을 갖춘 사람들도 많을 거라 믿으며 마지막으로 우려낸 차를 공도배에 따른다.

기운이 조금 옅어지긴 했지만 복전의 여운이 담긴 잔을 비우며 신이 내게 준 선물이 무엇일지 곰곰이 생각해봐야겠다.

:: 바쿠스(Bacchus) | Simeon Solomon | 1867

#17_다르질링
세상 모든 것들의 이면

인간은 누구나 자신의 깊숙한 곳에 광기라는 이름의 불씨를 하나 간직하고 있다. 우리가 쉽게 상상할 수 있는 불씨가 그러하듯 적절히 잘 밝히면 유용하고 잠깐 한눈을 팔거나 과하게 사용하면 무엇이든 송두리째 불태우고 마는 특성을 가졌다. 다행히 도화선이나 촉매 없이는 더 커지지 않는 성질을 가지고 있어 사고가 나거나 방화의 의도를 지닌 것이 아니라면 대개 제어가 가능한 편이다.

올림포스에 이 광기를 관장하는 신이 있었으니 바로 포도나무와 포도주의 신으로도 알려진 디오니소스가 그 주인공이다.

그는 탄생부터가 범상치 않았다.

제우스의 외도를 알아챈 헤라가 상대인 세멜라가 인간임을 이용, 호기심과 의심을 부추겨 제우스의 진짜 모습을 보여 달라고 조르도록 만든다. 제우스는 스틱스 강을 걸고 한 맹세를 지킬 수밖에 없었기에 휘황찬란한 신의 모습으로 나타났고 세멜라는 즉시 화염에 휩싸였으므로 제우스는 사랑하는 여인을 직접 죽이는 신세가 되고 말았다. 대신 그녀 몸속에서 자라고 있던 아기는 구해내서 자신의 허벅지에 넣어 산달을 채워 태어나게 했다. 그 아이가 바로 디오니소스다.

헤라의 눈을 피해 무탈하게 장성해서 포도 재배법과 포도주 만드는 비법을 알게 됐지만 제우스의 혼외 자식을 집요하게 찾아낸 헤라는 디오니소스의 광기에 불을 크게 지폈다. 미친 채 세상을 떠도는 그를 안

쓰럽게 본 대지의 여신 레아가 광기를 치유해주고 비밀 종교의 제례를 전수해준다. 이런 가르침을 안고 도착한 인도에서 디오니소스는 깨달음을 얻게 됐고, 그걸 전파하기로 결심한다. 군중들은 그를 열렬히 환영했다. 그러나 자신의 권력을 위협하는 종교를 환영하는 왕은 없는 법. 당연히 박해가 이어졌다. 하지만 박해를 주동했던 왕이 자신의 모친과 이모에게 멧돼지로 여겨져 찢겨 죽임을 당하자 종교가 힘을 얻어 널리 퍼지게 된다.

디오니소스는 로마식 이름으로 바쿠스로 불리는데 역시 다양한 예술가들이 파란만장한 역경을 거친 그의 모습을 표현했다. 그중에서도 늘 내 시선을 사로잡았던 것은 라파엘 전파의 한 사람인 시메온 솔로몬이 그린 〈바쿠스〉였다.

어딘지 음울한 분위기를 풍기는 어두운 고동색의 곱슬머리를 한 남자가 걸어가고 있다. 포도나무 덩굴 관을 썼고 승천 혹은 영생을 의미하는 솔방울 지팡이를 들었고 표범의 가죽을 둘렀으며 포도를 한 손에 들었다는 것은 그가 디오니소스임을 몇 번이고 강조한 것이다. 광기와 쾌락의 신이건만 눈동자가 흐릿한 것이 취한 것도 같고 그냥 슬픈 것도 같다. 어쩌면 지쳐버린 것인지도 모르겠다.

아마도 레아에게 그간의 광기를 치유 받고 비밀 종교의 제례를 전수받은 뒤 다시 정처 없이 세상 어딘가를 떠도는 순간을 포착한 것이 아닐까. 그리고 이 그림의 작가인 시메온 솔로몬이 자신의 모습을 투영해서 그리지 않았을까 하는 생각도 동시에 찾아왔다.

이 작품을 그렸던 1867년은 그가 왕립 아카데미에서 전시를 계속하고 라파엘 전파에서 승승장구하던 시절이었다. 그러나 그의 성적 취향은 사회에서 용인될 수 없는 무언가였다. 예술가였으니 보통 사람보다 광기라는 불씨가 크지 않았을까. 만약 그가 디오니소스처럼 쾌락과 환희를 관장하는 신이었다면 자신의 취향 같은 것은 중요하지 않았을 것이다. 하지만 그가 처한 현실이란 핍박 받고 힘 빠져 세상을 떠도는 디오니소스의 처지와 비슷할 뿐.

결국 예술가가 가졌던 광기의 불씨가 그걸 두려워하는 타인들에게 발각되어 풍기문란 죄로 처벌을 받게 되고 이후 그의 인생은 내리막길을 걷는다.

그렇게 감정과 생각을 이입해서 들여다보고 있노라니 조금은 안돼 보이기도 하는 그림 속 디오니소스에게 기운 내라고 차라도 한잔 대접한다면 무슨 차가 좋을지 궁금해졌다.

결론이 내려지기까지 오랜 시간이 걸리지 않았다.

디오니소스는 포도주의 신이고 아주 오래도록 수백의 변종을 낳으며 포도주를 생산해낸 품종이 바로 머스캣이니 머스캣 향으로 유명한 다르질링이 가장 적합하다는 결론. '홍차계의 샴페인'이라는 별명이 그 결론에 힘을 실어주었다.

그렇게 다르질링에 대해 생각하다보니 마시고 싶어져서 마실 채비를 시작했다.

손이 가장 먼저 집은 것은 자사호. 원래 서양의 홍차는 서양식 티 포트를 이용하는 경우가 많았는데 언젠가 홍차 전용 자사호에 우려서 마셨을 때 맛과 향이 확 살아나는 것을 느낀 뒤로는 거의 대부분 자사호를 사용(물론 홍차 특유의 씁쓸하고 떫은맛도 다 느끼고 싶다면 자기나 유리 재질의 다구에 우리는 것을 추천)하게 됐다. 대신 잔은 낮으면서 둥글넓적한 서양식 홍차 잔을 사용하기로 한다.

다르질링은 1830년대부터 영국 자본이 유입되어 실험적으로 중국종과 인도 아쌈종을 가져다 심어서 고지대, 높은 일교차, 충분한 강우량과 일조량이라는 조건들이 모두 맞아 1856년부터 성공적으로 결실을 이루어 오늘날에 이르렀다.

즉, 나의 티타임처럼 중국과 서양의 합작품이란 말씀.

중국 의흥 지방의 흙으로 만들어진 자사호는 인도 다르질링에서 나온 차를 품었다가 서양식 잔에 비워낸다. 좋은 다르질링은 원래 찻잎의 특성을 잘 살리기 위해 산화도가 낮은 편인데 이 차도 녹차나 우롱차에 가까운 빛깔이다. 과일의 달콤하면서도 상쾌한 향이 남과 동시에 구수하고 들척지근한 밤 삶은 향이 함께 나는 것이 매력이다.

두 번째 우렸을 때는 오렌지 빛에 가까워진 수색 덕분에 더 홍차스럽다는 느낌이 든다. 상큼한 시트러스와 달콤한 머스캣의 조화에 씁쌀한

 다르질링은 인도의 다르질링 마을에서 나오는 홍차다. 세계 3대 홍차이자 홍차의 샴페인 이라는 별칭으로 유명하다. 3~4월의 퍼스트 플러쉬, 5~6월의 세컨드 플러쉬, 우기가 끝난 뒤의 오톰널 세 종류가 있으며 저마다의 특색 있는 매력을 지니고 있어 만만치 않은 가격에도 불구하 고 차 애호가들의 사랑을 받고 있다.

홍차적 특성이 더해지니 이런 호사가 어디 있을까 싶을 정도로 맛이 좋다. 혹시 누군가 도대체 왜 홍차인데 다르질링을 샴페인에 비교할까 물음표를 품었다면 느낌표로 변하는 순간일 것이다.

　하지만 알고 보니 다르질링이라는 지역 자체가 티베트, 시킴국의 역사와 영국 식민지 시절을 거쳐 현재 인도에 속하기까지 복잡하고 다난한 역사를 간직한 곳이었다. 나의 이런 호사를 위해 해발 2,000m도 넘는 그곳에 휴양도시를 짓고 맛있는 차를 생산하겠다고 다원을 만들기까지 얼마나 많은 노동력이, 그것도 식민지 시대에 부당하게 투여됐을까 생각하니 조금은 슬픈 기분이 밀려오기도 한다.

어쩌면 세상의 좋은 것의 이면에는 거의 대부분 이런 슬픈 역사 또한 동전의 양면처럼 존재하는 것인지도 모르겠다.

디오니소스가 세상에 존재하는 기쁨과 쾌락, 아름다움을 누리고 포도주를 통해 도취감과 열광을 고조시키는 디오니소스교를 세울 수 있었던 것도 제우스를 아버지로 뒀지만 헤라의 핍박 덕분에 미쳐 온 세상을 떠돌다 극적으로 치유 받고 구도의 길 끝에 깨달음을 얻었으나 소용없이 박해를 받은 뒤에야 겨우 가능했던 것처럼 말이다.

다시 쾌락의 신이 강림하사, 잔에서 입안으로 건너오는 다르질링은 그저 사랑스럽고 맛있다. 차를 다 마시신 뒤 자사호 뚜껑을 열고 나에게 감각적인 즐거움을 선사해주고 껍데기만 남은 찻잎을 꺼내어 펼치고 "고마워" 인사를 건넨다.

:: 공중부양(맹인 Ⅱ, Levitation−The Blind II) | Egon Schiele | 1915

#18_태평후괴

내려놓을 수 없는 어떤 숙명

아침에 눈을 반짝 떴는데 머릿속에서 태평후괴를 마시고 싶다는 신호가 삐빅 소리를 냈다. 인후염에 탁월한 효과를 보이는 차이니 최근 목에 신경을 거스르는 까슬까슬한 고통이 느껴졌던 것과 아예 관계가 없지 않으리라. 아무리 효과가 좋다 한들 빈속으로 녹차를 밀어 넣을 수는 없는 일인지라 일단은 단출하게나마 아침상부터 차렸다. 여전히 냉장고를 점령 중인 명절 때 남은 음식이 주를 이뤘다. 명절 때마다 엄마는 다음부턴 음식을 줄여서 장만하겠노라고 선포하듯 말씀하시지만 늘 실패하시는 것 같다. 큰손이 갑자기 쪼그라들 수는 없는 노릇이리라.

위장에 기름이 넉넉하게 둘러졌으니 이제 차를 마셔 그 기름을 씻어낼 차례.

아까부터 염두에 두었던 그 차를 마시기로 한다. 그런데 태평후괴를 우리는 것은 조금 난이도가 있는 일이다. 일단 다른 녹차에 비해서 비주얼이 강렬하다. 어른 중지 정도 크기로 압도적인데 그렇게 큰 아이들을 좁고 긴 유리컵에 세워서 우리는 것이 감상 포인트 중 하나라고 볼 수 있다. 그렇게 제대로 모양이 잡혀 차가 우러나는 유리컵 안은 잠시나마 고요하고 평화로운 바다 속으로 탈바꿈한다. 마치 해초들이 물속에서 나른하게 하늘거리는 것 같은 느낌. 문제는 그런 아름다운 풍경이 마음대로 쉽게 조성되지 않는다는 것.

우선 유리컵을 꺼내어 차가 우러나는 모습을 더 맑게 관찰할 수 있도

태평후괴는 안휘성 황산에서 생산되는 녹차다. 가장 적절한 채엽 기간이 1년에 15~20일 밖에 안 되고 시기가 늦어질수록 찻잎의 크기가 작아진다는 특징이 있다. 마오쩌둥이 '국가대표 원숭이들이 만났으니 서로 태평성대를 이루자'는 의미를 담아 선물하기 시작한 뒤로 중국에서는 외국의 정상이 방문했을 때 주석이 이 차를 선물로 주느냐 마느냐가 이슈가 되기도 한다.

록 묵은 먼지를 닦아낸다. 이어 냉동고를 열어 조심스럽게 찻잎을 꺼낸다. 멀끔해진 유리잔을 뜨거운 물로 예열하고 잔을 1/3쯤 채운다. 조심스럽게 정렬된 기다란 태평후괴 찻잎들을 컵에 잘 세워서 넣은 뒤 뜨거운 물을 유리컵 벽을 따라 흘려 넣는다. 부디 예쁘게 서주기를 간절히 바랐지만 내 유리컵 안은 이미 한차례 폭풍우가 휘몰아치며 지나간 것처럼 보인다. 조금 속상하기도 했지만 다음을 기약하며 재빨리 우러난 차를 공도배로 옮겨 담는다.

공도배 속은 뿌옇게 흐려진 초록색 물로 채워진다. 이젠 해안가로 난파된 것 같은 해조류의 모습과 쏙 빼닮은 찻잎이 있는 유리컵에서는 난꽃의 향기와 녹차 특유의 상쾌한 향기가 퍼져 나온다. 잔으로 차를 따르고 다시 보니 찻물에 뿌옇던 기운이 사라지고 맑고 투명한 연둣빛으로 빛나고 있다. 마치 이 차의 고향이기도 한 황산의 태평 지역에 안개가 유난히 많다는 특성을 보여주는 것 같다. 얼마나 짙은 안개였던지 원숭이 가족이 아들 원숭이를 잃어버렸을 정도였단다. 걱정이 된 아빠 원숭이가 찾아 나섰지만 산이 워낙 크고 험준해서 앞이 잘 보이지 않는 안개 속에서 식음을 전폐한 채 자식을 찾아 며칠을 헤매던 그는 슬픈 최후를 맞이하고 말았다. 지나가던 농민이 그를 가엾게 여겨 장사를 치러줬다. 그런데 원숭이가 꿈에 나타나 감사 인사를 전하며 보은하겠다는 말을 남겼고 이를 기이하게 여긴 농민이 원숭이를 묻어준 곳에 가보니 차나무가 자라났고, 그 잎으로 만든 차가 바로 태평후괴라는 전설.

이 차는 여러모로 상당히 특이하다. 우선 차를 만들 수 있는 채엽 기간이 매우 짧다. 그리고 다른 찻잎들은 시기가 늦어질수록 점점 커지는데 반해 이 차나무의 잎은 점점 얇고 짧아지는 특성이 있다. 크기야 말해 뭣하랴. 이 차를 볼 때마다 나는 아틀라스를 떠올리곤 한다.

아틀라스는 티탄 신족 중 한 명인데 신들의 전쟁 때 자신의 종족 편에 섰다는 이유로 제우스로부터 지구의 서쪽 모서리에서 하늘을 떠받들고 있으라는 벌을 받았다. 프로메테우스와는 형제지간이라고 하는데, 이상하게도 나는 늘 아틀라스가 훨씬 크게 느껴진다. 어쩌면 아틀라스와 관계된 것이 그저 한없어 보이는 하늘을 떠받치는 일이기 때문인지 모르겠다. 혹은 언젠가 그 자락에 가서 눈으로 크기를 실감했던 아틀라스 산맥의 이름 때문인지도 모르겠다. 혹은 '아틀라스의 대양'이라는 이름이 붙은 대서양의 크기 때문이 아닐까 싶기도 하다. 뭐랄까, 거대한 것의 대명사 같다는 느낌이랄까.

잘 생각해보면 높은 산맥도 하늘을 떠받들고, 대양도 수평선에서 하늘과 만난다. 아틀라스는 여전히 하늘을 떠받치는 형벌을 수행 중인 셈이다. 그가 이 영원의 형벌에서 자유로웠을 때가 아주 잠시 있기는 했다. 헤라클레스가 에우리스테우스의 신들의 정원에서 황금사과를 가져오라는 과제를 수행할 때, 간을 쪼아 먹는 독수리를 제거하고 사슬에서 풀어준 프로메테우스가 고마움의 표시로 조언해줬던 대로 아틀라스

에게 찾아간 것이다. 하늘은 자신이 짊어지고 있을 테니 딸들이 지키고
있는 황금사과 세 개를 좀 가져다 달라고 부탁한 것. 아틀라스는 흔쾌
히 그리 해준 뒤 하늘을 쭉 헤라클레스에게 맡길 생각이었지만 너무 오
래도록 고독했던 탓일까, 헤라클레스의 영악함을 뛰어넘지 못했다.

　아틀라스가 잠시 자유의 달콤함을 만끽했다가 다시 엄청난 무게의
하늘을 어깨로, 두 팔로 받들어야 했을 순간에 느꼈을 절망감을 생각
해본다. 입에서 쓴맛이 나는 것만 같다. 아틀라스의 자괴감을 씻어내
기 위해 잔을 들어 차를 마신다. 태평후괴의 맛은 부드러우면서도 청량
하고 깔끔하다. 찻물을 삼키고 나면 입안에 독특한 향기가 남고 단맛이
감돈다.

　영국의 의학자 팀 캔토퍼 박사는 현대 남성들의 증대된 가사와 양육
에 대한 부담을 인용하며 그로 인해 극심한 스트레스를 겪는 남성들의
증상에 '아틀라스 신드롬'이라는 이름을 붙였다. 가사와 양육은 물론 경
제 활동의 부담까지 안게 된 여성들의 '슈퍼맘 신드롬'과 비슷한 맥락이
랄까. 결국 인간으로 태어나 아이를 낳고 양육하는 존재라면 추가의 비
용을 내어 누군가에게 시키지 않는 이상 당연히 부과되는 노동이자 스
트레스라고 보면 된다. 마치 아틀라스가 절대 하늘을 내려놓을 수 없는
것처럼 말이다. 굳이 신드롬을 운운하지 않더라도 인간으로 태어났다
면 의무적으로 지고 가야 할 숙명을 하나 알고 있다.

죽음.

에곤 쉴레의 그림 〈공중부양(맹인II)〉이 누구에게나 공평하게 명징한 삶의 비밀을 누설하고 있다. 화면 가운데 두 사람이 있다. 한 사람은 화사하고 아름답게 피어난 꽃밭에 발을 디딘 채 서서 눈을 부릅뜨고 있다. 다른 포즈로 양 손을 들어 자신에게 삶이 있음을 웅변하려 한다. 높게 쳐든 한 손은 그 위로 부유하는 똑같이 생겼지만 생기는 잃은 흐리멍덩한 눈빛의 남자와 닿아 있다. 공중에 뜬 그 남자는 기도라도 하려는 듯 손을 모으는 중이다.

둘의 차이는 얼굴 표정과 포즈뿐만 아니라 피부색에서도 확연하게 드러난다. 살아 있는 존재의 피부에는 분홍빛 혈색이 돌지만 삶을 이탈한 다른 존재의 피부 톤은 회색과 녹색이 지배적이다.

내 눈에는 생명을 지닌 자아가 든 한쪽 팔이 마치 다른 편의 자아를 받들어 들고 있는 것처럼 느껴졌다. 살아 있는 인간이라면 죽음을 인식할 수밖에 없는 운명이라는 느낌. 아틀라스는 전쟁 때 같은 종족의 편을 들었다는 이유가 있고 부모라면 양육의 의무라는 이유라도 있을 테지만 인간에게 지워진 죽음이라는 무거운 숙명은 대체 무엇 때문이란 말인가. 그저 태어났고 삶이 주어졌을 뿐인데 죽음을 받아들여야 한다. 무기력하게 죽을 바에 무엇 하러 사나, 하고 있을 수만도 없다. 언제 죽을지라도 알면 마음의 준비라도 할 텐데 죽음은 아무 때나 멋대로 삶의 문을 벌컥 열고 들어와 버린다. 에곤 쉴레가 마침내 가족을 이루고 사랑하는 부인의 뱃속에 아이가 무럭무럭 자라 행복한 가정을 꾸릴 것을 기대했던 바로 그 순간에 모든 것을, 심지어 그의 목숨까지 앗아가 버렸던 것처럼 말이다. 그의 나이 스물여덟의 일이었다.

에곤 쉴레 그림 속 녹색이 죽음의 그림자를 대변한다면 태평후괴의 녹색은 인후염을 진정시켜주고 상쾌하고 깔끔함을 주는 것이라 다행이다. 우리들로 하여금 살아갈 힘을 다시 낼 수 있게 해주는 고마운 녹색이라 다행이다.

:: 팔라스 아테나(Pallas Athena) | Rembrandt van Rijn | 1655년경

#19_기문홍차
기품 있는 아름다움을 뽐내다

세계 3대 홍차 중 하나로 알려진 기문. 차를 마신 지는 꽤 오래됐지만 이 기문을 만나게 된 건 비교적 최근의 일이다. 그리고 오래지 않아, 우리는 방법에 따라 매력을 달리하는 이 홍차를 자주 찾게 됐다. 왜 3대 홍차로 꼽히는지 알 만하다고 고개를 끄덕이면서 말이다.

몇 달이고 공을 들였던 프로젝트가 계획했던 대로 풀리지 않아 울적한 마음으로 집으로 돌아온 어느 날, 배는 고픈데 저녁은 먹기 싫어 괴로워하다가 묘책이 떠올랐다. 재주 많은 친구가 손수 제작해서 봉투 한 가득 담아준 쿠키, 갈레트 브루통, 캬라멜이나 실컷 먹으며 삐뚤어지기로 한 것. 이 일탈의 중심으로 기문(마지막까지 밀크티냐 아니냐를 두고 고민했으나 클래식으로 가기로)을 초청했다. 갑자기 나 홀로 풍성한 티파티를 할 생각을 하니 마음이 들떠서 봉투 안에 스누피 모양의 쿠키가 있음을 떠올리곤 스누피 머그와 하트를 품은 스누피 피규어도 꺼냈다. 존재만으로도 괜스레 기분이 좋아지는 옛날식 램프에 연료를 채워 불까지 밝히니 제법 그럴싸한 티 테이블이 완성됐다.

기문 찻잎은 검고 윤기가 흘렀다. 아주 얇게 말려 있기도 했다. 만약 100℃의 물로 우리면 스모키한 향기가 도드라지게 올라오지만 한 김 식힌 95℃ 정도로 우린다면 달콤한 향기와 함께 난꽃향이 올라온다. 서양 쪽에서는 이 향을 딱히 규정하지 못해서 '기문향'이라고 부른다고. 기문만의 특성을 잘 드러내는 향기를 느끼는 쪽으로 결정하고 물 온도

를 떨어뜨린 뒤 물이 공도배의 유리벽을 타고 흘러내리도록 조심스럽게 부어준다.

찻잎이 뜨거운 물과 만나니 성분을 내어주기 시작한다.

거름망을 통과해 머그 속으로 옮겨지니 짙으면서도 맑은 붉은 빛의 탕색이 정체를 드러냈다.

공도배를 들어 향기를 맡았더니 스모키한 단내가 강렬하게 다가와 물 온도가 너무 높았나, 아차 싶었지만 곧 뒤이어 기문 특유의 난꽃향이 존재감을 드러내어 마음을 놓았다.

그리고 한 모금.

부드러운 단맛과 스모키함의 여운이 입안을 적시고 지나간 뒤의 느낌은 깔끔하고 상쾌했다. 정산소종처럼 묵직하거나 전홍처럼 화려하지 않은 중성적인 매력이 있었다. 아마도 올림포스의 신들 중에서는 아테나와 가장 가까운 느낌.

아테나는 완전무장한 채 제우스의 머리에서 태어난 지혜의 여신이자 전쟁의 여신이다. 하지만 그녀의 아름다움은 헤라나 아프로디테에 뒤지지 않았으며 세 여신의 미모 경쟁 때문에 일어난 전쟁이 바로 트로이전쟁이었다. 이 전쟁에서 호전적인 전쟁의 신 아레스와 맞붙었으나 전혀 밀리지 않는 지략으로 승리했다. 실용적인 기술의 신으로도 알려졌는데 그중에는 직물기술이 있었다. 자신이 신의 실력을 능가할 수 있다

고 자만한 아라크네와 붙었다가 신을 모욕한 수치심에 자결한 그녀를
가엾게 여겨 거미로 만들었다는 일화가 가장 유명하다.

그리스의 도시 아테네의 이름도 아테나가 그곳을 탐냈던 포세이돈과
의 경쟁에서 인간들에게 올리브를 선사함으로써 승리했기 때문이다.
인간들이 수호신인 그녀를 위해 세운 신전의 이름이 파르테논인 것은
아테나의 별칭 중 하나가 처녀라는 뜻의 '파르테노스'이고 실제로 그녀
가 처녀성을 끝까지 지켰기 때문이다.

요즘 자주 등장하는 '멘토'라는 말의 어원도 그녀에게서 비롯됐을 정도로 지혜로운 그녀는 페르세우스나 헤라클레스, 오디세우스 같은 영웅들을 도와 그들에게 승리의 영광을 안겨주는 역할을 자처했다.

그런 의미에서 친구가 만들어준 달콤한 것들도 기문과 너무나도 잘 어울리는 훌륭한 조력자였다. 만나는 순간 서로의 맛으로 완벽하게 녹아들어 어떠한 거슬림도 없이 서로의 맛을 보완해주다가 사라졌다. 단 것을 먹으면 입에 남을 수 있는 텁텁함도 다시 기문 한 모금을 머금으면 특유의 풍미가 쨍하고 퍼져 깔끔하게 정돈해줬다.

램프에서는 연료를 듬뿍 머금은 심지가 타면서 기이한 바람 소리 같은 것이 났다.

그러고 보니 바깥에는 이제 짙은 어둠이 내려앉았다. 램프의 불빛과 작은 스탠드 불빛에 의지한 채 나의 작은 빨간 책상 앞에 놓인 붉은 기문을 홀짝이며 아테나에 대해 생각하고 있자니 빛과 어둠의 대조를 기가 막히게 배합하는 키아로스쿠로 기법으로 유명한 렘브란트가 그린 〈팔라스 아테나〉가 지금 이 순간과 제법 어울리겠다는 생각이 들었다.

화면 한가운데 환한 빛을 받으며 선이 고운 전사가 서 있다. 밝은 쪽으로 살짝 튼 얼굴은 남자인지 여자인지 조금 모호하지만, 고급스러운 금박 올빼미 투구에 탄탄한 메두사 방패와 저편 어둠에 희미하지만 분

 기문은 세계 3대 홍차 중 하나로 중국 안휘성 기문현에서 생산된다. 원래 이 지역은 녹차 생산이 많던 곳이었으나, 강서성에서 탄생한 공부홍차 기법이 이곳에 들어와 1870년대부터 기문을 생산하게 되었다. 한 김 식힌 물로 물줄기를 가늘게 하여 살살 우리면, 좋은 품질의 기문에서는 독특한 난화향(서양에서는 기문향이라고 함)이 난다.

명히 창을 들고 있는 것을 보면 아테나와 관련이 있다고 짐작하기까지 오랜 시간이 걸리지 않으리라.

이 오묘한 아름다움을 가진 아테나는 네덜란드에서 그려져 러시아로 건너가 황족의 컬렉션에 껴 있다가 상트페테르부르크의 에르미타주에 안착하는 것 같았다. 하지만 격변하는 시대의 소용돌이에 휘말려 다시 유럽으로 돌아와 리스본에 도착했다. 다사다난했던 여정만큼 이름도 바뀌곤 했다. 이 그림의 주인공이 아테나라는 사실이 맘에 들지 않았던 사람들은 '갑옷을 입은 알렉산더 대왕' 혹은 '전쟁의 신', 그도 아니면 그냥 '젊은 전사'라는 제목으로 불렀다고 한다.

오래도록 그림 속의 전사를 들여다보고 있자니 사람들이 왜 헷갈렸는지도 알 것 같다. 정말이지 남자 같기도 하고 여자 같기도 한 인물이다. 하지만 또 그게 바로 아테나의 매력 아니던가. 불의에 맞서 싸워 승리를 쟁취하는 한편 자비심을 베풀기도 하는 다정한 모습도 존재하는 것. 나는 점점 그림 속의 인물이 아테나임이 분명하다고 확신하게 됐다.

그리고 이번에는 아까와는 다르게 기문의 스모키한 향과 맛을 더 강하게 느끼고 싶어 뜨거운 물을 부어 차를 우렸다.

그런데 참 이해가 안 가는 부분이 하나 있다. 아테나가 다른 사람들에게는 꽤 균형 잡힌 태도로 대하는데 유독 메두사에게는 자비가 없이 끝까지 악연을 이어갔다는 것.

물론 자신의 신전에서 포세이돈과 사랑을 나누었다는 무거운 죄를

저질렀으나, 빛나던 머리카락을 한 올 한 올 뱀이 되게 하고 보는 사람
마다 돌이 되어버리는 무시무시한 괴물로 만든 것으로도 모자라 페르
세우스를 친히 지도편달해서 기어이 목을 가져와 바치게 한다. 덕분에
영웅의 반열에 오른 페르세우스는 그녀로부터 빌렸던 창검은 기본이요
벼락도 막는다는 방패 아이기스Aegis, 영어식으로는 이지스에 메두사의 머리
를 붙여 아테나에게 돌려줬다고. 일설에는 아테나가 포세이돈을 좋아
했는데 그녀의 맘을 알고도 메두사의 머릿결과 미모에 반한 것을 알고
어긋난 운명이 시작됐단 이야기도 있는데 난 그냥 둘이 악연이었던 것
같다. 살다 보면 그냥 안 되는 인연도 있는 것이다. 뭘 해도 어긋나고
오해가 쌓이기만 할 뿐 풀어지지는 않고……

　내 인생에도 악연이 있나 곰곰 생각하며 스모키 향이 강하게 느껴
지는 기문을 마신다. 아까와는 다른 매력이 느껴진다.

　향기로운 따스함과 달콤함이 주는 위안이 이렇게 막강한 것이었던
가. 접시 위에 잘 차려놓았던 달콤한 것들이 하나둘 사라지면 사라질수
록 밖에서 가지고 들어왔던 무거운 마음이 점점 가벼워지더니 느슨해
진 마음이 스리슬쩍 이렇게 말을 걸어온다.

　몇 달이고 공을 들였지만 이제 더 이상은 그 일 때문에 애 태우거나
걱정하지 않아도 되니 차라리 잘된 일인지도 모른다고.

　나는 순순히 고개를 끄덕였다.

:: 제우스의 번개 창을 만드는 헤파이스토스(Vulcano forjando los rayos de Júpiter) | Peter Paul Rubens | 1636

20 _무이암차

뜨거운 남자들의 장인정신

그런 날이 있다. 어떤 확실한 이유도 없이 먼 곳에 있다고 믿었던 불안감이 일순 가슴속으로 밀려와 심장이 옥죄어드는 기분이 드는 날. 확률이 낮은 작은 일들조차 불길하기만 해서 반드시 일어날 것처럼 느껴져 안절부절못하게 되는 날. 해야 할 일은 쌓여 있지만 도무지 잡히지 않아 곤란한 날. 그날도 그랬다. 널뛰기하는 마음을 진정시키기 위해서라도 다른 데에 마음을 써야 했기에 일부러 이것저것 다 꺼내어 근사하게 차려놓고 차를 마시기로 했다. 어떤 차를 우리는 게 좋을까 잠시 생각하다가 심신안정에 탁월한 효과를 보이는 무이암차를 마시기로 했다.

차가운 이성의 도움이 필요하다는 생각에 파란색 러너를 폈다. 전에 마셨던 기억에 따르면 홍배가 강한 차였으니 자사호를 사용하기로 하고, 안쪽이 은 재질로 된 공도배와 잔도 사용하기로 했다.

봉투를 열고 다하에 찻잎을 부었다. 어쩜 이렇게 못생겼을까. 물론 미모의 순위를 따지자면 흑차나 백차가 가장 하위권에 있을 게다. 내가 말하는 것은 우롱차들 중에서 그렇다는 말이다. 거무죽죽해서 투박하고 멋대가리 없이 생긴 모양이라니. 올림포스의 신들 중에서 골라보라면 아마도 헤파이스토스 정도 되지 않을까.

대체 얼마나 못생겼던지 태어나자마자 엄마 헤라로부터 버림받는 신세가 됐다. 엎친 데 덮친 격으로 그때 추락의 충격으로 절름발이가 됐다. 하지만 운이 좋게 착한 님프들에게 구조되어 지극정성 보살핌을 받

무이암차는 중국 복건성 무이산 바위틈에서 자라는 차나무의 잎으로 만든 우롱차다. 바위 뼈 속에서 나는 꽃향기란 독특한 암골화향을 특징으로 한다. 고도가 낮은 곳에서 높은 곳으로 올라갈수록 잎이 커지며 식었을 때 계피향이 나는 육계, 당나라 때부터 유서가 깊은 대홍포, 향이 좋고 우아한 느낌의 수선이 이러한 무이암차의 특징을 잘 말해준다.

고 금속세공 기술 등을 연마하며 후루룩 자라났다. 커서는 불을 다룰
줄 알게 되면서 그가 만들지 못할 것이 없을 정도로 실력이 빼어났다.

그는 자신을 매정하게 버린 어머니 헤라에게 그 나름으로 복수하기
위해 그녀에게 누가 보냈는지 묻지도 따지지도 않고 냉큼 앉을 정도로
매혹적인 황금옥좌를 만들어 바쳤다. 엉덩이가 떨어지지 않자 헤라가
그토록 미워하고 박해했던 디오니소스(헤파이스토스의 절친)에게까지 도
와달라고 부탁했다는 일화도 유명하다.

결국 주신酒神의 포도주 한 주머니에 설득 당한 그는 자신을 12신의
반열에 오르게 해주고 미의 여신 아프로디테와 혼인하게 해준다는 조
건으로 헤라를 옥좌에서 풀어줬다. 추남과의 결혼이라니, 결단코 싫다
며 완강했던 아프로디테를 설득하느라 진땀을 뺀 건 다름 아닌 제우스
였다고 한다. 역시 어부인 생각하는 건 서방님뿐인 모양.

기세 등등 올림포스로 돌아온 헤파이스토스는 어떤 존재도 범접할
수 없는 기술과 성실함으로 다른 신들의 소중한 존재가 되었다. 제우스
의 가장 큰 무기이자 상징인 번개 창, 바다를 지배하는 포세이돈의 이
미지에 빠지지 않고 등장하는 삼지창, 세상의 모든 창은 물론 제우스의
번개 창도 막아내는 아테나의 방패 아이기스, 아폴론과 아르테미스의
활과 화살, 프로메테우스를 결박한 사슬 등이 모두 그의 작품이고, 어
릴 적에 자신을 구해준 님프 테티스의 부탁으로 그녀의 아들 아킬레우
스를 위해 갑옷을 만들어주기도 했다.

찻잎을 한차례 씻어내고 자사호를 예열할 겸 뜨거운 물을 부었다가
재빨리 따라냈다. 벌써 공기 중으로 암차에서 나는 독특한 단내가 퍼졌
다. 캐러멜 향 같기도 하지만 그렇게 강렬하지는 않고 은은한 꽃향기가
섞여 있다. 아까 봤던 거친 외양에서 찾아볼 수 없는 섬세함이 느껴졌
다. 향기에 집중하고 있자니 벌써부터 괴상하게 요동치던 마음의 움직
임이 둔해지기 시작했다. 비록 못생겼을지언정 다른 매력적인 개성이

존재하는 것이 헤파이스토스와 비슷한 지점.

사실 그는 추남에 일 중독자였기 때문에 떠들썩한 스캔들이 많지 않은 신이기도 하다. 아마도 그와 관련한 가장 유명한 사건은 부인 아프로디테가 전쟁의 신 아레스와 바람이 났다는 것을 알게 된 뒤 분노해서 보이지 않는 그물을 만들어 둘의 밀회 현장을 보존, 다른 신들의 구경거리로 만들어 둘에게 치욕을 선사했던 일일 것이다. 그것 말고도 무기 제작을 의뢰하기 위해 공방으로 찾아온 아테나에게 반해 그녀의 다리 위에 사정했고, 불쾌했던 아테나가 그걸 수건으로 닦아 땅에 던졌던 것을 대지가 품어 에리크토니우스가 태어난 사건 정도.

예술가들의 상상력을 자극한 것은 단연코 전자였지만 그 속의 헤파이스토스는 그저 소품인 양 우스꽝스러운 모습으로 등장하므로 좋아하지 않는다. 내가 좋아하는 건 그가 어느 깊은 곳에 있는 그의 작업장에서 외눈박이 거인 키클로페스와 일하는 모습을 포착한 파울 루벤스의 그림이다.

그냥 얼핏 보면 평범한 대장장이가 자신의 일을 역동적으로 해내는 데 집중한 모습이라고 생각하게 된다. 하지만 조금만 더 자세히 들여다보면 그가 모양을 담금질해 만들고 있는 것이 번개라는 것, 옆에 조수로 희미하게 보이는 존재에겐 눈이 하나밖에 없다는 걸 알 수 있다. 그는 키클로페스의 도움을 받아 제우스의 번개 창을 제작 중인 것이다. 그의 눈동자에서 광채가 빛난다. 나는 그게 자기가 하는 일을 진심으로 사랑하고 집중하는 사람들에게서 발견되는 생기일 거라고 믿는다. 그래서인지 그림 속의 헤파이스토스는 꽤 멋져 보인다.

우러난 무이암차는 헤파이스토스의 대장간에서 꺼지지 않고 타오르는 불처럼 붉다. 신중한 다구의 선택을 보상이라도 하듯 전에 마셔본 것보다 훨씬 부드러운 맛이 났다. 그래도 그 속에서 느껴지는 강한 홍배, 즉 불의 기운은 여전히 남아 있다.

무이암차는 우롱차 중에서 불의 기운이 가장 많이 들어가는 차다. 그건 아마도 이 차들이 생산되는 복건성 무이산에서 자라나는 차나무들의 맛을 가장 맛있게 끌어내기 위해서 수세기에 걸쳐 차 만드는 농민들이 이어온 방법일 터. 사실 암차는 만드는 데 무려 1년이라는 시간이 걸린다. (좋은 차나무의 생장 조건과 이상적인 채엽의 조건 등은 일단 논외로 하고) 원료를 만드는 데는 그렇게까지 오랜 시간이 걸리지 않지만 워낙 불의 기운이 세서 그걸 빼내는 데 적어도 1년(완전 빠지기까지는 3년 이상)이라는 시간을 줘야 하기 때문이다. 그 사이 보관 장소의 습도, 환기 상태 등을 고려해서 얼마나 더 홍배할지 혹은 블렌딩이 필요한지의 여부를 결정한 뒤에야 시장에 선을 보일 수 있다. 듣기만 해도 복잡하지 않은가. 그러니 장인 정도는 되어야 그의 차 만드는 작업장에서 맛있는 무이암차가 탄생할 수 있을 것이다. 따라서 차의 장인들이 뜨거운 불을 다루는 모습은 헤파이스토스의 그것과 닮았을지도 모르겠다. 비록 만들어내는 건 다르지만 어찌됐든 둘 다 기술 좋은 장인이라는 점은 동일

하니 말이다.

쌉쌀한 맛이 지나가면 감칠맛이 강하게 나타나다가 단맛이 천천히 퍼져나갔다. 시원한 느낌이 깔끔하게 입안을 정돈하면 무이암차의 암운이 여운을 남긴다.

헤파이스토스에게는 여러 자식이 있었다고 하는데 다들 그를 닮아 손재주가 좋고 다리가 조금씩은 불편했다고 한다. 오, 유전자의 힘이여!

암운이 점차 약해짐을 느끼며 다시 마음을 들여다보니 심장은 다시 평온을 찾았고 밀려왔던 불안의 밀물도 다시 저만치로 멀어져 있다.

이제 헤파이스토스의 성실함과 장인정신으로 쌓인 일의 탑을 격파하러 가야겠다.

이놈의 세상 따위 지옥에나 가라지,
하지만 나에겐 늘 마실 수 있는 차가 있어야 해.

– 도스토예프스키

"I say let the world go to hell, but I should always have my tea."

– Fyodor Dostoyevsky, Notes from Underground

:: 파에톤의 추락(Der Sturz des Phaethon) | Michelangelo Buonarroti | 1533

21_귀비차
사막에서 길을 찾다

현실의 삶이 너무 고달파 다 내려놓고 긴 여행을 떠난 적이 있었다. 그때 처음으로 모래와 하늘과 바람 말고는 아무것도 없는 사막을 만났다. 거기서 말을 잃고 한참이나 앉아 있었다. 그런데 그렇게 가만히 있다 보니 바람과 모래가 만나 화음을 이뤄 들려주는 멜로디도 들리고 쇠똥구리가 사락사락 모래 위를 걸어가는 소리도 들렸다. 사막의 깊숙한 어느 곳에 있는 우물과 그 주변에 모여 사는 사막 마을 사람들을 만나기도 했다. 달빛에 의존해 사막의 밤을 산책하기도 했고 어느 밤인가는 모닥불을 피워놓고 사막의 음악을 연주하는 남자들의 공연을 들으며 셀 수 없이 많은 별을 바라보기도 했다.

물론 죽은 낙타의 뼈를 만나거나 아주 오래 전 그곳에서 길을 잃고 죽은 사람의 해골을 만난 날도 있었다. 사막 한가운데 있던 호텔 침대 아래에서 전갈을 마주하고 혼비백산했던 적도 있었다. 하지만 기이하게도 나는 그곳에 강렬하게 매료되어 자꾸만 그곳으로 돌아가곤 했다. 사람들은 대체 왜 아무것도 없는 그곳으로 가느냐고 물었다. 긴 여행 중이던 그때는 명쾌한 대답이 떠오르지 않아 얼버무리곤 했지만 돌아온 지도 한참인 지금 뒤돌아보면 아마도 그건 사막이라는 곳은 척박한 만큼 강하게 단련된 생명력을 가진 존재들만 머물 수 있는 곳이라는 생각과 나 자신이 강한 사람이길 염원하는 마음이 결합된 결과였으리라는 생각이 든다.

아버지가 태양의 수레를 이끄는 헬리오스라는 탄생의 비밀을 알게 된 뒤 이걸 증명하고 싶은 강한 염원을 품게 된 열여섯의 소년이 있었다. 호기롭게 친구에게 아버지가 태양의 신이라고 자랑했지만 친구는 말도 안 되는 흰소리 집어치우라며 놀렸을 뿐. 녀석의 코를 납작하게 해주겠다는 생각에 씩씩거리며 어머니를 졸라 아버지를 찾아가는 긴 여정을 시작했다.

마침내 부자상봉이 이루어지고, 반가움에 아버지는 그간 아들을 돌보지 못했음을 미안해하며 스틱스강을 걸고 무슨 소원이든 들어주겠다는 맹세를 하고 말았다. 아들의 소원은 아버지가 모는 근사한 태양의 마차를 단 하루 혼자서 직접 끌어보는 것. 후회막심이었지만 스틱스강을 걸고 한 맹세는 제우스라도 어길 수 없는 효력을 가졌기에 헬리오스가 할 수 있는 일이라곤 아들의 얼굴에 뜨거운 열기를 견딜 수 있는 연고를 발라주며 험한 마차의 궤도에 대해 설명하며 주의를 주는 것뿐이었다.

나이가 드는 건지, 어렸을 때는 이 장면에 대해 별다른 감흥이 없었는데 요즘은 자꾸만 헬리오스의 참담했을 심정으로 마음이 기운다. 비록 한때의 정인이었으나 그녀와 자신의 사랑의 결과로 태어난 아들이 커서 찾아왔으니 얼마나 기특했을까. 그런데 어쩌자고 그 무서운 스틱스강을 걸고 맹세를 했을까. 이따금 자신도 난항을 겪으며 모는 태양의 마차가 아니던가. 기가 드센 천마들은 조금만 한눈을 팔아도 제멋대로 날뛰려고 하고 길 자체가 너무 험하고 가파르게 비탈진 곳이 많았다. 조금이라도 일정에 어긋나게 운행하면 별이나 달의 운행도 다 어그러지기에 철저함을 요구하는 일이기도 했다. 이제 막 애티를 벗은 파에톤이 해낼 수 있는 일이 아니었다. 이 아이의 종말이 훤히 보였다. 그럼에도 불구하고 그가 할 수 있는 일은 없었으니 얼마나 무기력한 기분이 들었을까. 그저 없는 것에 가까울 정도로 희미한 가능성에 기대어, 보기와 달리 아들에게 잠재된 신적인 힘이 있어 그걸 끌어내어 이 일을 무사히 수행해내기를 바랄 뿐. 그러나 이 사건은 그가 예상했던 것보다 훨씬 나쁜 쪽으로 흘러갔다.

파에톤에게 무슨 일이 일어났는지 더 자세히 들여다보기 전에 벌써부터 시무룩해진 마음을 위로하기 위해 귀비차를 마시기로 했다.

여러 색깔이 오묘하게 똘똘 말린 찻잎이 사랑스러운 귀비차를 처음만난 건 출장차 갔던 대만의 록곡현에서였다. 원래 록곡은 대만의 대표적 차 중 하나인 동정우롱으로 유명한 지역이라 다양한 차창에서 내어주는 동정우롱을 맛보며 다녔다. 그런데 어느 한 차창에서 동방미인과 비슷한 느낌의 차가 있다면서 내어준 것이 귀비차였다. '동방미인'이네, '귀비차'네, 여인의 아름다움이 차의 맛과 향으로 묘사될 수 있다니 재미있는 비유라고 생각하며 별 기대 없이 한 모금. 세.상.에! 그 강렬한 향기로움과 달콤함이라니! 홀딱 반하고 말았다. 그만큼의 강렬한 위로

귀비차는 타이완 남투현 동정산 일대에서 만들어지기 시작한 우롱차의 일종이다. 원래 이 지역은 동정우롱으로 유명했는데, 전란으로 혼란스럽던 시기에 차농들이 도망쳐 자리를 비운 사이, 동방미인처럼 벌레들이 날아와 찻잎을 갉아먹기 시작했고, 이에 독특한 효소작용이 일어난 결과로 만들어진 차다. 동정우롱처럼 동그랗게 말려 있고 동방미인처럼 오묘한 색을 띤다.

가 필요했던 거다. 다시 파에톤의 이야기로 돌아가 보자.

아버지의 주의를 건성으로 흘려듣는 철없는 아들의 머릿속은 '아버지가 내 소원을 들어주셨다! 태양의 수레를 몰고 근사하게 하늘을 한 바퀴 돌고 올 때쯤이면 그 누구도 내가 그의 아들임을 의심하지 않음은 물론 나를 우러러볼 것이다'라는 생각만으로 가득했을 것이다. 눈부신 천마가 무려 네 마리나 자신의 탑승을 기다리고 있었다. 마차에 올라 계속 걱정의 눈빛과 한숨을 쉬는 아버지에게 잘해낼 거라고 확신에 찬 말을 건네고 천마들에게 호기롭게 신호를 보냈겠지. 모든 일이 순조롭게 진행되는 듯했다. 태양을 실은 마차는 힘차게 하늘로 솟아올랐고 정해진 궤도를 따라 달렸다. 하지만 그도 잠시. 예민한 천마들이 고삐가 평소와는 다르다는 사실을 눈치 채곤 날뛰기 시작했다. 갑자기 마차가 하늘로 치솟자 그 아래의 땅이 얼어붙기 시작했다. 겨우 다시 고삐를 다잡은 순간에는 마차가 땅으로 너무 가까이 내려와 그 아래 땅의 모든 것들을 불태운 뒤였다. 대지의 여신이 놀라 제우스에게 진정을 냈다. 불편한 마음으로 상황을 지켜보던 제우스가 회의를 소집했다. 그 자리에는 헬리오스도 불려갔고, 눈앞에서 아들의 마지막 순간을 목격하게 된다. 거장 미켈란젤로 부오나티도 이 순간을 스케치했다.

하늘 꼭대기에서 독수리에 올라탄 제우스가 번개를 던지려고 높이 치켜들고 있다. 중간에는 중심을 잃고 고꾸라진 천마 네 마리와 파에톤이 있다. 그리고 맨 아래에는 하늘을 바라보며 혼비백산한 여자들과 무슨 일이 일어나고 있는지 관심 없다는 듯 초점을 잃은 노인 한 명, 날개를 퍼덕이는 거위, 할아버지의 손자로 보이는 남자아이가 보인다. 물병을 지고 있는 것으로 봐서 물을 뜨러 나왔다가 이 사건에 휘말리게 된 것 같다.

파에톤은 죽었고 불탔던 땅은 긴 여행 때 내가 몇 번이고 찾아 들어갔던 사막이 되었다. 에티오피아 사람들의 피부가 검어진 것도 이때의 일이라고 한다. 제우스는 함부로 태양의 운행을 아들에게 맡긴 헬리오스를 태양의 신 자리에서 내쫓고, 그 자격을 아폴론에게 줬다. 이들 부자의 입장에서 보면 아들의 염원이 연쇄반응을 일으켜 굉장히 씁쓸한 결과로 이어진 셈. 다른 화가들의 생생한 그림보다 미켈란젤로의 스케치를 좋아하는 것도 그런 이유에서다. 미완의 쓸쓸함이 느껴진달지. 다만 잔 속의 귀비차는 기억 그대로 달고 향기로워 나를 위로했다.

차를 내주던 차농은 이 차가 탄생하게 된 건 대만의 다사다난했던 역사와 관계가 있다고 했다. 전쟁 때문에 동정우롱을 만들기 위해 잎을 따야 할 시기를 놓치고 농민들이 돌아와 보니 잎들이 벌레 먹어 상태가 안 좋았다. 먹고살 길이 막막했던 농민들은 그럼에도 불구하고 맛있는 차가 되기를 바라는 염원을 담아 찻잎을 따서 제다를 했다고. 그렇게 탄생한 차가 귀비차라고 했다. 어떤 염원은 그렇게 긍정적인 결과를 이끌어내기도 한다.

　가만, 만약 파에톤의 염원이 없었다면 나에게 이토록 간절히 그리워
하는 사막의 추억도 없지 않았을까. 게다가 나에겐 '아버지가 태양의 마
차를 끄는 신' 같은 탄생의 비밀이 없으므로 역시 염원은 필요한 것이라
는 결론.

:: 제우스의 흉상을 조각중인 페이디아스(Phidias Chiselling the Bust of Zeus) | József Dorffmeister | 1802

22_ 허브 인퓨전

사모바르가 놓인 풍경

옛날 중국의 문인들은 함께 모여 차를 마시며 그림을 그리거나 악기를 연주하거나 시를 지었다. 혹은 근사한 그림이나 시를 함께 감상하며 이에 대해 나름대로 평가하는 활동을 즐겼다고 한다. 중국에서 멀지 않은 러시아의 경우 공식적으로는 1618년 명나라의 사신이 선물한 차를 마시기 시작해 그로부터 꾸준히 음차 인구가 증가해 하나의 문화로 자리잡은 케이스다. 러시아도 푸쉬킨, 도스토예프스키, 체호프 같은 대문호를 탄생시킨 나라이다 보니 사람들이 차를 마시며 문학작품이나 예술작품에 대한 감상과 의견을 나누는 모임이 있었다고 한다. 추운 지역이라 가운데 연료를 떼고 아래는 리필을 위한 찻물을, 위로는 찻잎을 넣어 차를 끓여내는 포트가 있는 사모바르라는 독특한 다구가 생겨났다.

러시아에 여행을 갔다가 사모바르를 가지고 온 차 친구로부터 티파티 초대장이 날아왔다. 준비물은 함께 나누고 싶은 예술작품. 어떤 걸 준비해야 하나 한참을 고민하다가 허차서가 지은 「차 마시기 좋을 때」를 골랐다. 시를 낭송할 때 뜨거운 기운이 모락모락 퍼져 나와 공기를 덥히는 사모바르를 중심으로 사람들이 모여 차를 마시며 담소하는 모습을 상상하는 것만으로도 기분이 좋아졌다.

거실 한 구석엔 마트료시카Matryoshka가 쪼르르 서서 손님을 반갑게 맞이했고 커다란 테이블에는 먹음직스러운 음식들 사이로 사모바르가 중심을 잡고 우뚝 서 있었다. 몇 가지 문제로 안타깝게 작동시키지는 않

앉지만 분위기만은 충분히 러시아였다.

직접 구운 빵들과 신선한 채소, 다양한 치즈와 햄, 삶은 달걀이 풍성하게 오른 테이블에 처음으로 오른 차는 러시아 사람들이 많이 찾는다는 브랜드의 실론티. 주최자의 넉넉한 마음과 훌륭한 솜씨에 감탄과 감사를 연발하며 음식과 차를 음미했다. 또한 각자 앞으로의 한해살이를 어떤 방식으로 이끌어갈지에 대한 고민을 꺼내면, 격려해주고 조언해주는 시간이기도 했다. 테이블이 한차례 정돈되고 새로운 차가 나올 시간.

러시아의 수도원에서 만들었다는 차라며 꺼냈는데 러시아어 까막눈인 우리는 그 누구도 그 차의 정체를 알 수 없었다. 다만 뜯어서 보니 향기로운 초록빛 허브들이 다양하게 들어간 인퓨전이 아닐까 조심스럽게 추측할 뿐. 레몬 한 조각과 각설탕 한 개를 넣어서 마시니 기분 좋은 상쾌함이 몸 전체로 퍼져나가는 걸 느낄 수 있었다. 그러는 사이 시가 낭송되고, 동화책이 구연되고, 근사한 대사가 있는 영화의 부분 동영상이 틀어지고, 연극 대본이 맛깔나게 읽혀졌다. 서로 다른 사람들이 골라온 서로 다른 분야의 예술이었지만 감동이라는 코드는 같았다.

여운에 젖어 다시 빈 찻잔을 채우고 하얀 각설탕 한 개를 집어넣었다.

러시아 여행에서 골라온 또 다른 마트료시카가 테이블 위로 등장했다.

사모바르를 든 예쁜 맏언니, 그 속에선 빵 바구니를 든 둘째, 그 속에선 꿀단지를 든 셋째, 그 속에선 찻잔을 든 넷째, 그 속에선 쿠키를 든 막내가 나왔다. 이번 티파티의 테마를 제대로 보여주는 그녀들의 모습

에 모두들 까르르 웃음이 터졌다.

그 웃음소리 속에서 난데없이 제우스에 대한 생각이 튀어나왔다.

곰곰이 생각해보면 아예 연결고리가 없었던 건 아니다. 제우스의 머
릿속에서 완전무장한 아테나가 튀어나오지 않았던가! 넓적다리에서 디
오니소스를 꺼냈던 사건도 잊을 수 없다.

제우스는 올림포스 최고의 신이지만 그를 떠올리자면 아내 몰래 바
람을 피운다든지 그러다 걸려서 허둥거린다든지 하는 모습이 주로 떠

오른다. 유혹을 위해서 황금비, 하얀 소, 안개 등 변신술까지 적극적으로 활용하는 그가 아니던가. 당연히 그의 무수한 스캔들을 포착한 작품들이 다수 존재한다. 그중에서도 그나마 그의 위엄을 상상할 수 있는 것은 세멜레가 진짜 신의 모습을 보여 달라 졸라 스틱스 강에 대고 한 맹세를 깰 수 없어 그 모습으로 나타난 걸 그린 작가들의 작품 정도다.

　내가 여성이라 그런지 몰라도 제우스라는 이름만 들어도 자동적으로 난봉꾼이라는 단어와 연결되어 어쩜 저럴까 혀를 끌끌거리는 경우가 많았는데 어쨌든 제우스가 추앙받는 신이었다는 걸 증명해주는 기록들이 있기는 하다.

올림포스 신전에 있었다는 제우스 상은 유명한 고대 7대 불가사의 중 하나다. 금과 상아, 온갖 보석들로 장식된 그것은 제우스가 옥좌에 앉은 모습을 표현한 것으로 앉은키만 무려 12m에 이르렀다고 한다. 사람들이 그렇게 엄청난 공을 들여 상을 제작했다는 건 그만큼 그를 떠받들었다는 뜻이리라. 어떤 이유에서든 이제 그것은 전설로만 남게 됐는데 후대의 사람들이 영감을 받아 상상의 기록으로 남긴 것밖에 없다. 전설의 제우스 상은 아테네에 있는 파르테논 신전의 건축 총감독을 맡았던 유명한 조각가 피디아스가 만들었다고 하는데 헝가리의 한 예술가가 그 정황을 포착했다.

한 조각가가 작업 중인 흉상 앞에 앉아 한쪽 팔을 번쩍 들고 있고 그의 어두운 작업실은 신비로운 구름에 휩싸인 가운데 신의 형상이 나타나 조각가에게 말을 걸고 있다.

피디아스가 제우스의 지시를 더 잘 듣기 위해 손을 든 것인지 궁금한 게 생겨 질문하기 위해 손을 든 것인지, 한편 제우스는 조각가에게 좀 더 잘하라고 잔소리를 하러 온 것인지 새로운 작업을 지시하기 위해 내려온 것인지 궁금증을 자아내는 그림이다.

궁금증은 지금 마시는 인퓨전을 만든 수도원은 어떤 곳인지로 이어졌다. 다양한 허브를 직접 재배하는 곳일 테니 꽤 넓은 텃밭을 가진 규모가 큰 곳이리란 결론. 그게 아니면 천혜의 조건으로 허브가 많은 지

허브 인퓨전은 다양한 허브들이 이루는 조화가 얼마나 입안 에서 적절하게 미각을 자극할 것인가가 관건이다. 허브는 고대부터 인류의 생활 속에 깊숙이 침투했던 식물로 주로 질병을 치료하는 약용으로 많이 쓰였다. 현대에 와서는 미용, 향신료, 각종 치유법, 조경 등 다양하게 활용하고 있다.

대에 있는 고즈넉한 곳이거나. 고립되어 있는 것 같지만 그만큼 형제애로 돈독한 수도사들이 수련하는 곳이리라. 수확철의 부족한 일손은 열혈신도들이 찾아와 채워줄 것이 분명하다.

어느새 내 상상의 나래는 푸릇푸릇하고 풋풋하면서도 저마다 특색 있는 강렬한 향기를 뿜어내는 허브들이 자라고 있는 들판 위를 날아다니고 있었다. 피디아스가 계속 살아 있었다면 그 수도원에는 성모마리아 상이나 십자가에 못 박힌 예수의 상을 근사하게 제작해주지 않았을까, 수도원을 지어줬다면 화강암을 주재료로 썼을까 아니면 석회암을 썼을까, 엉뚱한 상상이 꼬리에 꼬리를 물고 이어졌다.

정신을 차리고 보니 찻잔 속의 차가 어느새 바뀌어 있고 몇몇 사람들이 외투를 꿰어 입고 자리에서 일어나고 있다. 시계를 보니 벌써 이렇게 됐나 싶어 깜짝 놀랐다. 나도 맡겨두었던 외투를 찾아 입었다. 손에는 아까 마셨던 실론과 수도원 인퓨전이 들려 있다. 집에서 다시 한 번 이날의 여운을 즐기라는 주최자의 따뜻한 배려.

러시아 사람들은 차에 과일 잼을 넣어 마신다던데 실험해봐야겠다.

장식장 구석에 처박아뒀던 이십오 년 전에 선물 받은 마트료시카도 꺼내어 한번쯤 쓰다듬어줘야겠다. 그때 같이 받았던 빨간색 꽃 그림이 있는 브로치는 어디에 있더라? 찾으면 외출할 때 달아줘야지.

이런저런 '러시아틱'한 생각들로 귀갓길마저 즐거웠던 러시안 티파티의 날.

:: 디아나(Diana) | Luc Olivier Merson | 1878

23_봉황단총
까칠한 그녀의 매력

사람들이 차 마시는 것이 너무 복잡하고 어렵다고 하면 나는 전혀 그렇지 않다고, 뜨거운 물, 잔, 차만 있으면 되는 매우 쉬운 일이라고 늘 말해왔다. 믹스 커피가 그러하듯 말이다. 그런데 커피도 한 계단씩 깊숙이 들어가기 시작하면 필요한 도구가 늘어나고 다양한 지역에서 생산되는 커피의 특성이 달라지고 추출하는 방식도 많아지지 않는가. 차도 이와 비슷하다. 단순하게 커피를 혹은 차를 마신다와 어떡하면 자신이 마시는 음료를 더 맛있게 즐기고 싶은가의 문제는 조금 다른 것 같다.

다양한 차를 즐기는 편이지만 유난히 맛있게 마시기가 쉽지 않은 차가 있다.

그 이름은 봉황단총.

이 차는 청차의 일종으로 중국 광동성 조주시에서 생산된다. 한 그루의 나무에서 채엽해서 차를 만들어 단총이라는 이름이 붙었다. 차수茶樹의 구분도 엄격할 뿐만 아니라 잎을 따는 것도 정교하고 까다롭다. 여기까지의 흐름으로 봤을 때 쉽게 예측할 수 있듯이 만드는 과정도 녹록치 않은데 향기가 섬세한 특징을 가져 차를 만드는 동안 조금만 잘못해도 그 영향이 확연히 드러난다. 그렇게 어렵게 겨우 차가 완성된다. 하지만 또 이게 끝이 아니란 말씀.

이런 복잡함 때문에 마실 때 가장 자주 떠오르는 신이 달과 사냥의

여신 아르테미스다.

그녀는 태양의 신 아폴론과는 쌍둥이 남매지간으로 제우스와 레토 사이에서 태어났다. 태어나자마자 했던 일이 어머니가 동생 아폴론을 낳는 것을 돕는 일이었기에 출산을 돕는 신으로 알려져 가족 중 누군가 임신하면 그녀에게 치성을 드렸다. 특히 난산일 때 산모와 아이의 생사가 그녀에게 달렸다고 믿어졌다고. 아마도 그건 그녀가 서아시아계 그리스 식민지에서 다산과 풍요의 여신으로 숭배되었던 것과 연관이 있을 것이다. 그쪽에서는 가슴이 많이 달린 모습으로 묘사되었다.

남자에는 크게 관심이 없어 세 살 때부터 처녀로 남을 수 있게 해달라고 제우스에게 청했을 정도라고 한다. 그렇게 처녀들의 수호신이 됐고 대신 사람의 발길이 많지 않은 야생 지대에서 사냥을 즐겼다. 서양 박물관에서 아름다운 여자가 활을 매고 사냥개와 함께 있는 조각이나 그림을 보면 아르테미스려니, 생각하면 된다.

달의 여신이란 타이틀을 얻은 건 헬리오스가 파에톤에게 태양의 수레를 몰게 해주는 실수를 범한 이후 셀레네의 자리를 대신하게 되었기 때문이다. 신화도 그렇고 예술가들도 그렇고 이들을 혼용하거나 동일시하는 경우가 많은데 셀레네와 헬리오스가 아르테미스와 아폴론의 이미지로 흡수된 것이라도 할 수 있다. 그러나 이들은 엄연히 구분되는 존재다.

복잡하게 느껴질 수도 있겠지만 잘 들여다보면 들여다볼수록 봉황단

🫖 봉황단총은 중국 광동성 조주에 있는 봉황산에서 생산되는 우롱차다. 단총이란 본래 하나의 나무에서 딴 찻잎으로만 차를 만든다는 데 기인해서 생겨난 이름이고, 여기에 봉황이 붙는 것은 그것이 산지의 이름이기도 하지만 그만큼 이 차가 굉장히 높은 등급의 차라는 의미다.

총과 닮은 구석이 많다.

  단총은 우동과 영두로 계열이 나뉜다. 이건 지역적인 구분인데 토양이 다른 만큼 맛의 특성도 다르다. 아르테미스가 처녀의 신으로 남았다면(단 한 번 오리온과의 로맨스가 싹틀 뻔했으나 아폴론의 방해로 이뤄지지 못했다), 셀레네는 엔디미온, 판, 제우스와의 염문이 있는 다른 성격을 가졌다. 사실 '봉황'단총은 우동과 영두 단총 중에서도 품질이 우수한 차에 부여하는 이름이었는데 상업적으로 웬만한 등급의 단총 차들은 봉황단총이라 부르게 됐다. 마치 처음에는 전혀 달랐던 두 여신이 아르테미스에게 달의 여신이라는 타이틀이 부여되는 순간부터 서서히 그녀 하나로 통폐합되어 불리는 것과 비슷하다.

성격이 굉장히 예민하고 쉽게 화를 내는 아르테미스는 복수의 화신으로도 잘 알려져 있다. 니오베가 일곱 딸과 일곱 아들이 있는 자신이 아들 딸 하나씩만 있는 레토보다 낫다는 소리를 하자 동생 아폴론과 함께 그녀의 여섯 딸과 여섯 아들을 모조리 죽여 버렸다. 길을 잘못 든 실수로 님프들의 목욕하는 장면을 목격하게 된 왕자 악타이온을 사슴으로 변하게 해서 그의 사냥개들에게 잔인하게 물어 뜯겨 죽게 한 이야기도 퍽 유명하다.

봉황단총 찻잎도 굉장히 예민해서 조금만 조건이 맞지 않아도 즉시 맛없게 우려짐으로써 우리를 응징한다. 충분히 예열된 개완 혹은 호에 이제 막 끓은 뜨거운 물을 얇은 물줄기로 벽을 타고 내려가도록 서서히 부어줘야 한다. 최대한 찻잎을 건드리지 말고 조심스럽게 다뤄야 한다. 조금만 물을 세게 부으면 바로 쓰고 떫은맛이 확 올라온다. 물 온도를 낮춰서 우리면 물비린내가 날 뿐만 아니라 근사한 향기를 제대로 느낄 수 없다.

중국차는 몇 번 우려 마실 수 있으니 처음엔 좀 실수를 했더라도 다음에 다시 잘하면 괜찮지 않을까, 생각했다면 오산이다. 단총은 실수를 용납하지 않는다. 처음 잘못 우려진 대로 끝까지 그렇게 우려진다.

이렇다 보니 단총을 마셔야겠다는 생각이 들면 나도 모르게 심호흡부터 하게 된다. 아무리 우리기 까다로워도 워낙 맛있는 차이다 보니 즐겨 마시는 편인데 차의 특성을 바꿀 수는 없으니 내가 마음을 가다듬는 수밖에. 그 일환으로 의식처럼 자주 떠올리는 그림이 올리비에르 메르송의 〈디아나〉(로마에서는 아르테미스를 디아나라고 불렀다고)다.

화살을 맨 아르테미스가 숲속에서 비탈진 이끼 길을 내려가는 동안 커다란 부엉이를 중심으로 다양한 모양과 색깔의 새들이 모여 다투는 모습을 사랑스럽게 내려다보고 있다. 녹음이 우거진 숲에는 예쁘고 향기로운 꽃들도 피어나 있다. 작은 넝쿨식물도 세세하게 묘사되어 아름답고 상쾌하면서도 신비한 숲의 분위기를 고조시킨다. 맨몸에 망토 하나 정도 걸치고 작고 붉은 꽃으로 머리를 장식한 아르테미스는 천진한 분위기를 풍긴다. 도저히 이런 그녀가 니오베와 악타이온을 응징한 여신과 같은 존재라는 것이 연결되지 않을 정도다.

잘 우려진 봉황단총도 마찬가지다. 마치 꽃이 가득한 어딘가로 들어온 듯 은은한 향기가 주변을 가득 메우고 입 안에서 느껴지는 신비하고 오묘한 맛은 이 세상에 존재하지 않을 것 같은 비밀스러운 맛이다. 그림 속 어딘가에 있을 법한 칠십 년 이상 지나 몸에 이끼가 가득한 늙은 나무에서 딴 단총이라면 말이 필요 없을 정도로 황홀한 맛을 선사할 것이다. 어떤 향기도 인공적으로 주입되지 않았다는 점을 생각하면 대체 어떻게 이런 맛과 향기가 있을 수 있을까 생각하지 않을 수 없다. 하지만 잘못 우려진다면? 그렇게 맛없을 수 없는 것 또한 이 차다.

오후 세 시, 친구들이 차에 곁들이라고 굽거나 사다준 달콤한 것들을 꺼내어 엄마를 티타임에 초대했다. 팔팔 끓는 물을 보온병에 담아 재빨리 뚜껑을 닫고 개완에 뜨거운 물을 부어뒀다. 심호흡을 하며 올리비에르 메르송의 그림 같은 분위기가 나는, 엄마가 결혼 선물로 받아 나에게 물려준, 나보다 나이가 많은 잔을 꺼내어 포트에 남은 뜨거운 물을 부어뒀다.

머릿속에 올리비에르 메르송이 그린 〈디아나〉를 띄워놓은 채 조심스레 꺼낸 봉황단총 찻잎을 뜨거워진 개완에 넣고 보온병의 물을 살살 부어 차를 우렸다. 사랑스러운 향기가 먼저 공기 중으로 퍼져 나갔다. 좋은 예감. 천천히 잔을 들어 한 모금, 두 모금. 나보다 먼저 엄마가 '맛있다!' 외쳐주었다. 이번에도 무사히 그림의 주문이 통한 모양. 조금은 마음을 놓고 홀짝홀짝.

언제 뜻하지 않은 실수로 쓰고 떫은맛을 호되게 만나게 될지 모르지만 불행 중 다행인 건 봉황단총의 응징으로 내가 사슴으로 변하게 되거나 내가 아끼는 존재들이 사라지는 슬픔을 겪지는 않아도 된다는 사실.

적당히 부드러운 햇살과 따뜻하고 향기로운 차와 이 모든 것과 잘 어울리는 달콤한 것들이 있는 엄마와의 행복한 오후가 그렇게 흘러가고 있었다.

:: 비너스와 마르스(Venus and Mars) | Sandro Botticelli | c.1485

#24_벽라춘
예쁜 찻잎의 진실

'외모가 전부는 아니다'라는 가르침을 머릿속에 담아두고 살아가지만 인간의 감정이란 얼마나 얄팍하고 또 얼마나 변덕이 죽 끓듯 한단 말인가. 아름다운 존재를 보면 즉시 그에 현혹되어 머릿속의 가르침 따위는 금세 잊힌다. 책 표지가 예뻐서 샀다가 내용은 별 것 없어 분노한 적이 몇 번이며, 포장이 마음에 들어 샀다가 맛없어서 깜짝 놀란 과자들은 몇 개이며, 사진에 현혹되어 시켰다가 실상은 전혀 다른 음식이 나와 화가 난 적이 몇 번이며, 얼굴이 반반해서 홀딱 반했다가 막상 만나보니 참 사람이 별로여서 마음만 상했던 남자가 몇 명인가! 다음에는 그러지 말아야지 다짐에 다짐을 해도 그런 패턴이 쉽사리 고쳐지지 않는 걸 보며 스스로에게 실망하는 악순환이 인생 내내 계속되어왔다.

차 마시는 일에도 이 서클이 여지없이 적용되었다.

그나마 차에 대해서는 굉장히 넓고 너그러운 마음을 가지고 있어 크게 실망하는 적이 없는 편인데 사건이 있었던 그날은 달랐다.

전날 잠이 부족했던지 꾸벅꾸벅 졸다가 도저히 안 되겠다 싶어 차를 한잔 마시기로 했다. 지인이 넉넉하게 챙겨준 차 봉투를 뒤적이다가 너무나도 예쁘게 생긴 벽라춘을 발견했다. 짙은 녹색, 작고 귀엽게 말린 소라 모양의 찻잎에는 보송보송한 솜털이 적당히 붙어 있었다. 그야말로 군침이 꼴깍 넘어가는 외모였다.

'오호라, 잠 깨는 데 녹차만 한 것도 없지! 조금만 기다려라, 너를 우

려 마셔주마. 으흐흐.'

  설레는 마음을 안고 물을 끓이며 우러나는 모습을 감상하려고 유리 다구들을 꺼냈다. 적당한 온도로 물 온도를 맞추고 기대감에 부풀어 뜨거운 물을 부어 차가 우러나는 모습을 보는데 아랫배가 서늘해지는 것을 느꼈고, 한 모금 마시는 순간 폭풍 같은 깨달음이 찾아왔다.

  '속았구나!'

  구수함을 넘어 탄 맛이 역하게 올라왔다. 사랑스러워 보이던 보송보송한 털이 우르르 물로 떨어져 탕색을 부옇게 흐렸고 입안에 텁텁하게 남았다. 슬픈 마음으로 엽저를 관찰해보니 과하게 삶아진 나물처럼 윤기도 없고 찻잎의 크기도 마른 찻잎에서는 전혀 상상할 수 없을 정도로 컸다. 대단한 기술을 가진 차농이 만든 차임이 분명했다. 이렇게 맛없는 차를 그렇게 맛있어 보이게 만들 수 있다니.

  전쟁과 폭력의 신 아레스도 약간 그런 과의 신이다. 사랑의 여신 아프로디테조차 홀딱 반해 사랑에 빠진 준수한 외모를 가졌지만 사실 아레스의 전쟁은 논리나 명분 없이 불량배가 거는 시비처럼 시작되는 경우가 많았다. 성정도 포악해서 피가 낭자하는 살상을 즐겼다고 전해진다. 딱히 어디에도 밀어를 속삭였다든지 사랑을 쟁취하기 위해 유혹의 과정을 거쳤다는 언급이 없는 것으로 보아 여성에게 다정한 남성이었던 것 같지도 않다. 그럼에도 불구하고 그는 멀쩡한 외모로 자연스럽게 나쁜 남자

벽라춘은 중국 강소성 소주시에 있는 동정산에서 생산되는 녹차다. 솜털이 보송보송한 어린 찻잎으로 곱실거리도록 만든다. 꽃향기가 나고 과일 맛이 나며 신선하고 상쾌한 향이 나는 특징이 있는데, 이는 차농들이 수입의 지속성을 위해 차나무를 과일나무 사이에 심었기 때문이라고 한다.

의 대열에 합류, 수많은 여신과 여성들을 홀려 많은 자식을 낳기도 했다. 그러니까 나만 그런 것이 아닌 거다. 오히려 잘생기면 끌리고 보는 것이 더 자연스러운 이치인지도 모르겠다. 다만 아버지인 제우스만은 본질을 꿰뚫어봤던 것인지 같은 전쟁의 신이라는 타이틀이 붙었음에도 아테나를 훨씬 더 예뻐했다. 무조건적이고 포악한 전쟁이 아닌 체계적인 방어와 분명한 명분이 있는 전쟁 쪽의 손을 들어준 셈이랄까.

나 역시 '무늬만 맛있어 보이는' 벽라춘 사건 뒤로 차의 경우엔 예쁘장한 외모에 혹해서 기대를 거는 일이 많이 줄었다. 신기한 건 그날을 기점으로 다른 많은 것에 있어서도 외모에 현혹되어 빠져들거나 지갑을 여는 일이 현저히 적어졌다는 사실이다. 차를 만났을 때 마른 찻잎으로 모든 것을 판단하는 것이 아니라 뜨거운 물에 우려 향을 맡고 맛을 보고 엽저를 살피는 과정을 거치며 판단하듯 다른 것들도 결론을 내리거나 결정하기 전에 조금 더 깊게 파고들어 최대한 많은 것을 파악하기 위해 애쓰는 신중한 태도를 가지게 됐다.

따사로운 오후 햇살에 나른한 기운이 느껴져 신중한 판단을 거친 후에 맛 좋고 잘 만들어진 차라는 결론이 나서 사왔던 벽라춘을 꺼내어 마시기로 했다. 사실 생긴 것은 그 사건의 주인공보다 조금 못하다. 다만 이 녀석은 상쾌하고 부드럽고 높이 퍼지는 녹차의 향기와 꽃향기를 가졌고, 상큼한 과일의 맛이 녹차의 맛에 기가 막히게 섞여 있는 정직한 벽라춘의 맛을 가졌다.

앞으로도 한동안 벽라춘을 마실 때면 아레스가 떠오를 것 같아서 이왕이면 시비를 걸어 전쟁을 일으키는 아레스보다 이 근사한 느낌에 가까운 아레스의 그림을 찾아보기로 했다. 결정하기까지 오랜 시간이 걸리지 않았다. 단연 보티첼리가 그린 〈비너스와 마르스〉라는 결론.

초원에서 시작되는 비밀스러운 숲의 입구 나무들 사이에서 헤파이스토스의 눈을 피해 밀회를 즐기는 아프로디테와 아레스를 그렸다. 그림이 그려진 르네상스 시대의 복장과 머리 모양을 한 여신이 모든 군장과 무기를 벗고 짓궂은 표정의 장난꾸러기 사티로스들이 시끄럽게 놀고 있는데도 세상모르고 입까지 벌린 채 잠든 잘생긴 애인이자 전쟁의 신을 바라보고 있다. 이 그림의 주제가 사랑은 전쟁조차 무장해제 시키는 힘을 가졌다는 것이라 사람들 사이에 인기가 높았다고 한다. 다들 제우스가 무식하고 힘만 좋은 아레스보다 똑똑하고 지략적인 아테나를 편애했다고 믿고 싶어 했던 것처럼 사랑의 힘이 폭력보다 강하다고 믿고 싶었으리라.

그림 속에선 나무 사이에서 신들의 사랑이 불타고 있었다면 벽라춘은 과일나무 사이에서 자라난다. 과수원 운영으로만은 먹고 살기 힘들었던 농민들이 차나무를 심으며 시작된 일이었다. 주변 토양이나 식물 생태에 민감하게 영향을 받는 차나무의 특성에 따라 꽃향기가 나고 과일의 맛이 나는 녹차가 탄생했다. 여리고 조그마한데도 일단 우리면 어찌나 향이 좋았는지 사람이 놀라서 죽을 만하다고 혁살인향嚇煞人香이라고 불렀을 정도다. 청나라의 강희 황제가 그 이야기를 듣고 놀라 이렇게 맛있는 차에 어울리지 않는 무서운 이름이라며 벽라봉에서 나는 소라처럼 말린 이른 봄에 나오는 차이니 벽라춘碧螺春이라 부르라 했다고.

대개는 부드럽게 즐기기 위해 물 위로 찻잎을 넣는 방법으로 차를 우리지만 이번에는 정신도 바짝 차릴 겸 예열한 공도배에 찻잎을 넣고 높은 곳에서 물을 따라줬다. '좋아 죽겠는' 향기가 사르르 퍼졌다. 투명하던 물이 점점 녹색을 띠어가고 잔 위에 거름망을 얹고 가장 맛있을 때를 기다렸다가 찻물을 부어줬다.

한 모금 입에 머금자 씁쓸하면서 떫은맛이 찌르르 퍼졌다. 단잠에 푹 빠진 아레스가 깨어나 사랑하는 아프로디테에게 이별의 키스를 하고 떠나면 그는 다시 호전적인 전쟁과 폭력의 신으로 돌아갈 것이다.

입안에서 굴리니 감춰졌던 과일의 상큼한 맛과 녹차 특유의 상쾌한 맛이 드러났다. 아무리 그래도 아프로디테에게 아레스는 그 모든 난폭함을 뒤로하고 무장해제한 채 그녀의 사랑을 갈구하는 애인일 뿐.

찻물을 삼킨 뒤에는 달콤한 여운이 남았다. 다시 만날 날을 기다리는 연인들의 달콤한 기대감 같은 여운이.

:: 카론의 배(The Boat of Charon) | JoséBenlliure y Gil | 1919

#25_삼림계
나를 그곳으로 데려다 주오

이따금 세상에서 가장 만나고 싶은 사람이 누구냐는 질문을 받는다. 베네딕트 컴버배치나 다니엘 헤니라고 말하며 깔깔 웃지만 사실 내가 진심으로 만나고 싶은 사람들은 이미 이 세상에 존재하지 않으니 딱히 답할 말이 없기도 하다. 그게 누구냐고? 스누피가 등장하는 만화『피너츠 PEANUTS』의 세계를 창조한 찰스 슐츠와『장미의 이름』으로도 유명한 세계적인 학자 움베르토 에코가 그 주인공이다.

   슐츠에 대한 뉴스를 본 것은 이탈리아 피렌체 기차역 간이상점에서 판매하던 신문에서였다. 하지만 나는 이탈리아어를 몰랐기에 읽을 수 있는 영어로 더 이상 연재를 하지 못한다는 이야기만 이해했다. 종횡무진 서유럽을 바쁘게 돌아다니는 여행 중이라서 서울로 돌아가면 정확히 무슨 일인지 알아봐야겠다고 생각하며 두오모와 우피치 미술관을 쏘다녔다. 마침내 한 달의 여행이 끝나고 집으로 돌아와서야 제대로 피너츠 공식 웹사이트에서 관련 기사를 읽었다. 그가 더 이상 연재를 계속할 수 없게 됐다고 쓴 것이 그의 마지막 연재이자 생의 마지막 작품이 되었다고 했다. 그제야 그의 죽음을 제대로 이해하게 된 나의 눈에서 걷잡을 수 없이 눈물이 흘러내리기 시작했다. 스누피라는 이름을 알기 전부터 좋아해서 보이기만 하면 모아왔던 캐릭터였고 그가 그린 만화는 십대 시절 내내 침대 옆에서 자리를 지켜왔기에 언젠가 어른이 되면 한번쯤은 작가님을 만나보고 싶다고 생각해왔는데 다 소용없는 일이 된 것이다. 집앞에라도 가서 거닐다 돌아오겠다는 생각으로 미국 산 타로사까지 무작정 찾아갔다가 각종 난관(고질병인 '길치'임도 그중 하나) 에 봉착해서 허탕치고 돌아온 적도 있었다.

움베르토 에코라는 작가를 알게 된 건 이십대 초반이었다. 그의 방대한 지식과 세상을 바라보는 날카롭지만 유머러스한 시선에 반해 모든 작품을 찾아보게 된 케이스. 물론 문학작품을 제외한 다른 책들의 경우 도대체 이게 무슨 소리인지 모르겠다고 머리를 싸매고 끙끙거린 적이 한두 번이 아니지만 그저 내가 너무나 존경하는 작가의 글을 읽는다는 사실 하나만으로도 흐뭇하고 만족스러운 나날이었다. 고령임에도 불구하고 왕성하게 활동하며 장편소설도 거침없이 발표하는 걸 보며 나도 저렇게 늙을 수 있다면 얼마나 좋을까 동경했다. 그뿐인가, 이따금이라도 들르실 것으로 예측되는 볼로냐 대학 카페 어딘가에 죽치고 있으면 한번쯤은 멀리서라도 볼 수 있지 않을까, 운이 좋다면 책에 싸인을 받을 수 있을지도 모르는데 그렇다면 무슨 책을 들고 갈담, 너무 좋아서 얼굴이 빨개지면 어떡하지, 그런 상상을 하며 혼자 키득거리던 날들도 많았다. 그러던 어느 날, 캐나다로 놀러 간 친구의 식물을 돌보느라 머물렀던 청주의 작은 원룸에서 에코 옹의 부고를 읽었다. 장편소설을 발표한 지 얼마 되지 않았고, 한국어로 번역되길 손꼽아 기다리던 상황이라 충격이 컸다. 또 다시 눈물이 쏟아졌던 날이다.

삼림계는 타이완 남투현 록곡현의 해발 1,800미터가 넘는 곳에 있는 삼림시 일대에서 생산되는 우롱차. 우러나기 전의 찻잎은 윤기가 흐르는 짙은 녹색으로 똘똘 말려 있다. 고산지대에서 나는 차인 만큼 높이 퍼져 나가는 섬세한 향기가 특징이며 맛은 부드럽고 깔끔하고 상큼하면서도 가볍지 않다.

말도 안 된다는 것을 알면서도 망자를 다시 만나러 갈 수 있는 방법이 있다면 좋겠다고 생각하다가 스틱스 강의 뱃사공 카론을 떠올렸다.

옛날 그리스에서는 사람이 죽으면 이승을 떠나 하데스가 지배하는 세계로 들어가기 위해서 스틱스 강을 건너야 한다고 믿었다. 망자들은 의무적으로 그에게 뱃삯으로 은화 한 닢을 지불해야 했기에 가족들은 장례를 치를 때 혓바닥 아래에 그 삯을 넣어두었다고 한다. 삯을 치르지 않거나 시신이 매장되지 않은 망자는 스틱스 강가를 맴돌아야 했다고. 우리 정서로 치면 구천을 떠돌았다는 말과 상통하지 않나 싶다.

카론은 괴팍한 성격이었다고 하는데 스페인 발렌시아 출신의 존경받는 화가 호세 베니우르 길이 그린 그의 그림을 보면 이유를 알 수 있다. 세상의 온갖 망자들이 그의 배에 오르려 하고, 그곳을 떠도는 수많은 유령들마저 몰려다니며 배 옆을 쉭쉭 날아다닌다. 게다가 원래 망자가 아니면 절대 태워서는 안 되건만 산 자들도 다양한 이유로 그를 찾아와 태워달라고 졸랐던 모양이다. 많은 경우 실패했지만 성공한 케이스도 있었다. 헤라클레스는 저승의 개 케르베로스를 잡으러 가는 길에 태워 달라 부탁했으나 말로 안 되자 무력행사로 그의 배를 탔고, 사랑하는 에우리디케를 찾으러 나선 오르페우스는 자신의 특기인 리라 연주로 카론을 홀려 추가 비용 없이 탈 수 있었으며, 프시케는 마른 빵 두 덩이와 은화 두 닢으로 그를 매수했다. 이밖에도 아이네이아스, 테세우스, 오디세우스 등도 카론의 배를 탔다고 전해진다. 그러니 그는 그 음

침한 강에서 뱃사공 노릇을 하며 얼마나 많은 산전수전을 다 겪었겠는
가. 원래 쾌활한 성격의 소유자였더라도 괴팍해져버릴 만한 상황이다.
흥미로운 사실은 하데스가 유독 헤라클레스가 하계를 다녀간 뒤에만
카론을 1년간 사슬에 묶는 벌을 내렸다는 점이다. 물론 자신의 충견인
케르베로스를 빼앗겼으니 사안의 중요성이 다르기는 하다.

헤라클레스 같은 영웅도 아니고 프시케 같은 절세미인도 아니고 연주
할 줄 아는 악기는 하나도 없는 내가 슐츠와 에코 옹을 만나러 하계下界
로의 모험을 감행한다면 과연 무엇으로 카론을 매수할 수 있을까에 대
한 고민이 시작됐다. 그러나 아무리 생각해봐도 나에겐 그 어떤 무기도
없었다. 역시 가장 만나고 싶은 사람들을 만나는 건 나에게는 불가능한
미션이란 생각에 한숨이 새어나왔다. 그러다가 굳이 그들을 만나지 않
아도 좋으니 만성 스트레스와 수면부족에 시달릴 카론과 차라도 한잔
하면 어떨까 하는 생각이 들었다.

어둠침침하고 음습한 하계와는 정반대의 느낌을 가지는 차가 좋을
것 같았다. 그러다 보니 금세 삼림계가 물망에 올랐다.

삼림계는 대만의 삼림시 인근에서 생산되는 차인데 그곳의 높이가
무려 해발 1,800미터가 넘는 산악지대다. 건차부터가 짙은 녹색의 동
글동글하게 말린 형태로 귀엽다. 음울하고 신경질적인 카론의 기분을
끌어올리기 위해서는 막 끓은 물을 사용하는 것이 좋을 것이다. 그렇게

하면 고소하면서도 은은한 꽃향기가 격렬하고 높게 퍼진다. 처음에는 쌉쌀한 맛이 느껴질 수도 있겠지만 산전수전 다 겪어낸 그의 입맛엔 그 저 오묘하고 신선하게 느껴지지 않을까.

그렇게 마주앉아 차라도 한잔 나눌 수 있다면 카론도 잠시나마 자신 의 무거운 숙명을 내려놓을 수 있을 것이다. 그리고 망자들이 자신에게 로 찾아오기 전에 살았던 세상이 어떤 곳인지 찻잔 속의 산뜻한 연둣빛 을 통해 슬쩍이나마 엿볼 수 있을지도 모른다.

솔직히 같이 있는 것만으로도 굉장히 무서울 테지만 그래도 입 안에 남아 있는 향기롭고 달콤한 여운이 사라지기 전에 한번쯤은 그에게 내 가 세상에서 가장 만나고 싶었던 두 작가들에 대해 물어볼 생각이다. 안부 정도는 전해줄지도 모른다. 내가 대접한 차가 엄청 마음에 들었다 면 심지어 배에 태워 만나게 해줄지도!

꿈에서라도 이런 모험을 해볼 수 있다면 얼마나 근사할까.

오랜만에 가장 처음으로 샀던 『피너츠』 만화책을 다시 읽어야겠다. 계획만 하고 실천하지 못했던 에코 옹의 소설들 다시 읽기도 곧 시작해 야지. 그래야 꿈에서라도 그들을 만나게 된다면 더 긴 수다를 떨 수 있 을 테니.

:: 바우키스와 필레몬(Philemon and Baucis) | Rembrandt Van Rijn | 1658

#26_밀크티

우리에게 필요한 건 따뜻함

아침에 눈을 뜨고 일어나 약간의 한기가 느껴질 때, 정신없이 일하다가
갑자기 흐름이 끊긴 오후의 한때, 어딘가로 정신없이 쏘다니다가 긴장
이 풀려 다리가 통증을 호소하기 시작할 때, 긴 하루를 마치고 집으로 돌
아왔을 때, 열렬하게 마시고 싶은 것은 따뜻한 밀크티 한 잔이다. 특히
머피의 법칙을 제대로 체험한 날이라든지 각종 사람들에게 시달리고
열심히 작성한 보고서나 제안서나 이력서를 주구장창 거부당한 날이면
더하다. 물론 그냥 차도 좋겠지만 저런 순간들이 찾아왔다는 건 기운이
빠졌다는 건데 언제 잎차를 꺼내고 다구를 갖추고 있겠는가. 게다가 뭔
가 허기 같은 것도 감정에 녹아 있다는 뜻이므로 밀크티만이 적절하게
그걸 채워줄 수 있다. 보통은 단맛을 첨가하지 않고 마시지만 정신적
허기의 농도가 얼마나 짙으냐에 비례해서 단맛이 더해진다. 내 밀크티
레시피에 한 가지 변하지 않는 것이 있다면 아주 진하게 우린 적은 양의
차에 우유를 듬뿍 넣는다는 것 정도가 아닐까. 덕분에 실망조차 감수할
정도로 간절하지 않은 이상 아무 데서나 밀크티를 마실 수 없다는 건 조
금 비극이기는 하다.

전용 팬을 꺼내어 물과 찻잎을 넣고 팔팔 끓이다가 우유를 부어 끓여
마시는 밀크티는 무조건 맛있지만 바쁜 요즘엔 그런 수고를 들이는 일
이 자주 일어나지 않는다. 가장 편리한 건 적절한 티백을 찾아 전자레
인지라는 친구에게 의지해 빠르고 쉽게 만들어 마시는 밀크티. 정말 쉽

냐고 의심을 품을 사람을 위해 레시피를 공개한다.

1. 좋아하는 머그(300ml 기준)에 사용할 티백 한 개를 넣는다.

2. 물을 잔의 1/3 지점(취향에 따라 조절)까지 따라준다.

3. 전자레인지에 넣고 2분 돌린다.

4. 우유를 가득 부어준다.

5. 전자레인지에 넣고 1분 돌린다.

6. 취향이나 기분에 따라 달콤함을 더한다.

더도 말고 덜도 말고 딱 5분이면 머그 한가득 맛있는 밀크티가 완성되어 나타난다.

마시고 싶다는 마음이 든 적절한 순간에 한 모금 마시면 즉시 몸 전체로 따스함과 행복한 기운이 퍼져나가며 울퉁불퉁했던 마음이 매끄러워진다.

제우스와 헤르메스(그리스 신화 버전에는 없는 이야기이므로 주피터와 머큐리라는 로마식 표현이 맞지만 쭉 본문에 그리스 이름을 썼으니 그렇게 적는다)가 인간의 모습을 하고 올림포스 산에서 내려왔던 날, 늦은 밤에 바우키스와 필레몬의 집에서 느꼈던 감정과 비슷하지 않을까 싶다.

날이 어두워지자 두 신은 인간 세상을 사찰하기 위한 목적의 일환으로, 여행에 지치고 배고픈 아버지와 아들 행세를 하며 프리기아 언덕이

있는 마을의 모든 집을 두드리며 음식과 잠잘 곳을 청했다. 하지만 오
호 통재라, 낯선 나그네 둘에게 문을 열어주는 집은 쉽게 나타나지 않
았다. 전설에 의하면 거의 천 가구 가까이 돌고 나서야 짚과 갈대로 지
붕을 이은 작고 초라했던 집에서 흔쾌히 둘을 맞이했다고.

　머리를 부딪치지 않도록 고개를 숙이고 들어가야 할 정도로 아담한
집이었으나, 손님이 들자 필레몬은 지친 손님을 위해 의자를 내주고 아
내 바우키스가 불을 피워 솥을 걸고 직접 재배한 채소를 다듬자 그는 아

껴왔던 훈제 돼지고기를 기꺼이 썰었다. 아무리 신이라지만 천 개나 되는 집의 대문을 두드렸다 거절당했다면 매우 지쳤을 터. 손님이 따뜻한 물로 몸을 씻어 원기를 회복하는 동안 젊은 시절부터 함께해온 노부부는 정성껏 집 안에 있는 제철과일과 채소, 치즈, 삶은 달걀 등을 식탁 위에 올렸다. 솥에서 팔팔 끓인 따뜻한 스프와 집에서 담근 포도주까지 식탁에 오르자 소박하지만 정성이 가득한 한 상이 차려졌다.

손님들은 젊은 시절부터 평온하게 서로를 아껴온 주인 내외의 대접을 기꺼이 즐겼다. 그런데 재미있게도 바우키스가 몇 번이고 포도주잔을 채웠음에도 술병의 와인이 줄지 않았다. 그저 평범한 여행객인 줄로만 알았던 이들이 신이었음을 눈치 챈 안주인이 먼저 두 손을 번쩍 들고 무릎 꿇어 초라한 접대에 대한 용서를 구했다. 놀란 남편도 함께 용서를 구하며 집에 한 마리 있는 거위를 잡아서 올리겠다고 말하고는 즉시 실행에 옮기려 했다. 하지만 놀란 거위가 재빨리 제우스의 무릎 위로 도망가게 된다.

렘브란트가 포착한 것이 바로 이 순간이다. 집 안은 어두침침하지만 벽난로의 불이 분위기를 아늑하게 비추고 헤르메스에게 가렸지만 식탁 주변의 등불이 인물들을 은은하게 비춰준다. 가난한 노부부의 작은 오두막에 딱 적당하고 사실적인 조명이다. 언뜻 보면 네 사람은 모두 평범하지만 제우스만은 빛에 반사되어 반짝이는 실이 들어간 옷을 입고 있어서 신성한 존재임을 은근슬쩍 드러낸다.

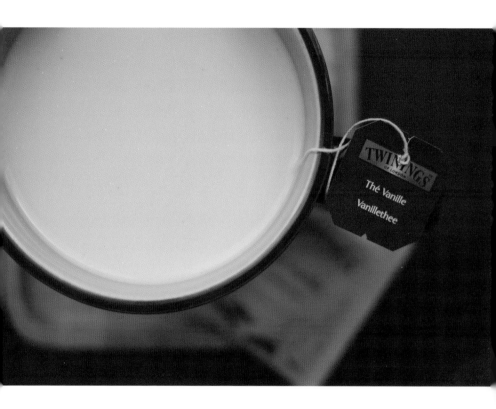

밀크티는 그야말로 진하게 우린 차와 우유의 조합을 총칭하는 말이다. 대개는 각종 홍차를 사용해서 마시는 것으로 알고 있지만 그 외에도 좋은 조합이 있다. 녹차라떼는 이미 유명하고 우롱차의 경우 봉황단총 밀크티를 맛보면 깜짝 놀랄 것이다. 보이차 밀크티에서는 코코아 느낌이 나기도 하며 자스민 밀크티도 향긋하고 맛있다.

물론 그 말고도 많은 화가들이 그 순간을 포착해서 남겼지만 그들의 그림에는 헤르메스의 날개달린 모자petasos가 등장해서 이미 신적인 존재임을 드러내고 있다. 여행에 지친 인간으로 변장했다는 신화에 근접하면서 역동적이고 아름답기는 루벤스의 그림이 탁월하지만 또 내 생각으로는 가난한 부부의 집 치고 너무 환한 데다가 포도주 잔이 너무 고급스럽다.

반면 렘브란트의 그림은 언뜻 보면 어두워서 잘 보이지 않지만 찬찬히 들여다보면 하나씩 의미를 발견해가는 재미가 있다. 바우키스와 필레몬의 이야기를 모른다면 식사 장소에 거위가 난입한 익살맞은 그림이구나 생각하며 지나칠 수 있을 정도로 그 어떤 과장도 없어서 보면서도 마음이 편한 그림이다.

나에게 티백으로 5분 만에 뚝딱 만들어낸 밀크티도 그런 역할을 한다. 어떤 부담도 없이 편하고 정성스럽게 마련한 나에게로의 쉼표. 만약 나를 격하게 칭찬해주고 싶다거나 심각하게 생각할 거리가 있다면? 노부부가 손님의 정체를 알아채고 거위라도 잡으려 했듯이 나 또한 조심스러워 아끼는 다구를 내고 중요한 순간에 마시려고 깊숙이 넣어 두었던 차를 꺼냈겠지. 천 개의 집 문전에서 박대당했던 제우스와 헤르메스에게 단지 허기를 잠재우고 몸을 누일 잠자리가 필요했던 것처럼 많은 일과 복잡한 관계 속에서 거부당하고 깨지기 일쑤인 나의 일상에 필요한 것도 단지 머그 가득 담긴 우유 맛이 진한 따뜻한 밀크티 한 잔.

　제우스는 감히 신을 문전박대한 이 마을을 벌하겠다면서 노부부에게 즉시 뒤돌아보지 말고 헤르메스와 언덕 꼭대기까지 올라가라고 한다. 그들은 신이 시키는 대로 따랐고, 마침내 뒤돌아볼 수 있었을 때 마을 전체가 물에 잠기고 오직 자신들의 오두막만 거대한 신전으로 탈바꿈한 것을 봤다.

　소원을 말해보라는 제우스에게 노부부는 사제가 되어 신전을 지키겠노라고 하며 한날한시에 죽는 축복을 내려달라고 했다. 그렇게 둘은 생의 마지막까지 오순도순 함께하다가 죽는 그날 참나무와 보리수가 되었다고 전해진다.

　이들에 대한 이야기를 떠올릴 때마다 간절하게 바라는 바이지만, 언젠가는 나도 오래도록 밀크티 두 잔을 만들어 나란히 앉아 마실 수 있는, 서로의 무덤을 돌보는 슬픔을 거두어달라고 부탁하는 저 소박한 노부부처럼 함께 늙어갈 누군가가 생겼으면.

　부디…….

:: 넵튠의 말들(Neptune's Horses) | Walter Crane | 1892

#27_실론티
아름다운 변신

또 지진 소식이다.

　오래도록 지진 안전지대에 살고 있음을 감사하고 안심했던 나에게 최근에 심심치 않게 들려오는 한반도의 지진 소식은 걱정도 되고 무섭기도 하다. 미치도록 더웠던 2016년 여름의 끄트머리, 경주 인근에 5.8도 지진이 났다. 서울에 있었는데도 몸이 울렁이고 테이블에 올려두었던 유리컵 속 물이 출렁이고 돌아가던 선풍기의 머리가 까딱이는 걸 볼 수 있었다. 이후로도　여진이 계속되고 있단다. 기억은 자연스럽게 난생 처음으로 지진을 경험했던 1992년 여름, 일본의 아마미오오시마로 흘러갔다. 아침 시간이었고 혼자서 지금이 아니면 자전거 타는 건 오후로 미뤄야 하는데 옆집에 들러 말티즈 강아지 푸치를 데리고 다녀올까 말까 자못 심각하게 고민하는 중이었다. 갑자기 크르릉거리는 소리와 함께 집이 흔들리기 시작하더니 또 금세 언제 그랬냐는 듯 다시 평온해졌다. 당시 나의 머릿속으로 찾아들었던 생각은 하나였다.

　'어디 이 근처에서 엄청나게 큰 공사를 하나보다.'

　그래서 손짓발짓 섞어가며 일본어로 '공사'가 뭔지 알아내기 위해 상당한 노력을 기울였다. 마침내 코우지こうじ가 공사工事임을 알아낸 뒤에 혹시 이 주변에 큰 코우지가 있었냐고 물었지만 사람들은 대체 무슨 소리냐는 반응을 보였다. 아까 아침에 집이 흔들리지 않았느냐고 하니 그제야 그건 지진이었다고 했다. 그러잖아도 혹시 더 큰 지진이 나는

건 아닌지 걱정도 되고 무서웠다는 말도 덧붙였다. 아침엔 진도 3도 수
준이었는데 보통 큰 지진이 오기 전에 작은 지진이 찾아온다는 거였다.
몇 년 전에는 6도 지진이 와서 도로가 갈라지고 집도 무너지고 했다고.
분명 그 며칠 전에 굉장한 태풍이 지나가는 바람에 가로수가 우르르 쓰
러진 걸 보고 놀랐는데 이건 또 다른 놀라움이었다. 2년 전의 태풍 때 무
서운 바람의 기세에 집의 반이 날아간 적도 있다고 했던 것 같은데.

그런 거대하고 무자비한 자연의 힘을 보게 되면 인간이란 얼마나 무
기력한 존재인가 숙연한 마음이 반드시 들게 되어 있다. 그래서일까,
올림포스의 신들 중 가장 위엄 있는 모습으로 많이 그려진 바다의 신이
자 땅을 뒤흔드는 신으로 유명한 포세이돈을 떠올렸다. 사실 그가 바다
의 신이기 이전에는 말을 창조한 신으로 알려졌는데 이는 그리스인들
의 조상이 처음에는 유목민이었다는 데 기인한다고 한다. 아무래도 이
동에 중요한 수단이 말이었을 테니 이를 창조한 신을 떠받들었을 텐데
세력이 확장되면서 결국 이들은 에게해까지 왔다. 변한 시대와 삶의 조
건에는 제우스가 더 적합했기에 그의 권위가 더 높아졌다. 비록 이인자
로 전락했지만 조각, 그림 등을 통해 보이는 중후하고 강인한 모습에
거대한 삼지창을 들고 인간 세계를 굽어보는 포세이돈의 모습은 조금
무뚝뚝해 보일 수도 있지만 미중년과 상남자의 복합적인 매력을 팍팍
풍긴다.

이런 그의 특징을 가장 잘 포착한 그림이 월터 크레인이 그린 〈넵튠의 말들〉이다.

튼실한 백마들이 파도에서 뛰어오르고 있다. 파도를 뚫고 나오는 듯도 하지만 그보다 파도가 군마로 변했다고 보는 게 적합하다. 그림 좌측 상단의 이제 막 파도가 일어나는 부분에 살풋 보이는 백마의 머리가 이를 입증한다. 거대하게 일어난 파도 위로 솟아난 말 한 마리 한 마리 모두 박력 있고 생동감 넘친다. 이 거칠게 폭주하는 말들을 진두지휘하는 것이 포세이돈이다. 월터 크레인은 폭풍우가 일 때의 격랑을 포세이돈이 일으켰다고 표현하고 싶었던 것 같다. 그러고 보면 군마가 질주하는 말발굽소리와 폭풍우가 일 때의 거센 파도소리는 상통하는 면이 있다. 그뿐이랴, 수많은 말들이 질주하면 땅도 쿠르릉 소리를 내며 흔들리기 마련이다.

아무리 생각해봐도 포세이돈이 말의 신이자 바다의 신이라는 특성을 이 그림만큼 잘 표현해준 작품도 없는 것 같다. 그의 분노로 바다가 일어나면 모든 것을 집어 삼키고 땅을 뒤흔들면 그 위의 것들은 위태롭게 너울춤을 추다가 무너져 내린다는 사실에 어느 정도 수긍하게 만든다.

이인자라는 명칭에서 착안, 홍차라면 인도 다음으로 중요한 위치를 차지하고 있는 스리랑카 차의 통칭인 실론을 마시기로 했다. 사실 세계 3대 홍차이자 실론의 일종인 우바를 마시고 싶었지만 아무리 뒤져도 나오지를 않았다. 두어 번 마실 수 있는 분량이 남아 있다고 생각했지만 아니었던 모양. 그럼 아무 실론이나 마시자고 생각하니 선택의 범위가 너무 넓어지고 말았다. 실론은 만들어진 그대로 담백하게 즐기기도 하지만 새털처럼 많은 종류의 블렌딩이나 가향의 베이스가 되기도 하기 때문이다. 스트레이트로 가향 없이 순수한 실론의 맛과 향을 즐기기로 결정하니 결정이 훨씬 수월해졌다. 잘게 파쇄된 것은 침출력이 너무 좋아 쓰고 떫은맛이 강할 테니 되도록 큼직하게 절단된 잎을 우려마시기로 했다.

포세이돈이 심통이 나 서울에 지진을 일으키기라도 하면 다 깨져버릴 텐데 아끼면 뭐하나 싶어 평소에 감상만 했던 스누피 티포트를 쓰기로 했다. 같은 이유로 사용은 안 한 채 애지중지만 해온 스누피 머그, 스누피 접시, 스누피 그릇도 쓰기로.

찻잎을 넉넉하게 넣었기 때문인지 뜨거운 물을 붓자마자 실론의 달고 상큼한 과일 향기가 그림 속 백마들처럼 격렬하게 콧속으로 달려 들어왔다.

잔은 골든링으로 가장자리가 둘러진 붉은 갈색의 맑은 찻물로 가득 찼다.

첫 모금은 빠르게 지나갔다. 두 번째 모금에서는 실론 특유의 고삽미가 강렬하게 다가왔다. 세 번째 모금에서는 과일의 상큼한 맛이 스르륵 커튼을 열 듯 고개를 내밀었다. 네 번째 모금부터는 모든 맛이 뒤섞

실론티은 스리랑카에서 나는 홍차의 총칭이다. 1972년까지 실론으로 불리던 스리랑카에서는 1800년대 초중반까지는 커피를 주로 생산했다. 1870년대 말에 커피나무를 죽이는 균이 퍼져 이후부터 차를 생산하기 시작, 세계 3대 차 생산국의 반열에 올라 현재에 이르렀다. 고유의 맛으로 인정받았을 뿐만 아니라 다양한 블렌딩이나 가향의 베이스 차로 사용되고 있다.

여서 혓바닥을 칭칭 감았다. 그런 가운데 좋은 실론에서 느껴지는 그곳 토양의 맛도 드러나 기분이 좋았다. 날것의 강렬함. 포세이돈이 아직 말의 신이었을 때의 야성적인 느낌에 더 가까웠다고나 할까.

이번에는 젖은 찻잎들이 푹 잠길 정도로만 뜨거운 물을 붓고 한참을 기다리기로 했다.

뮌헨의 누에피나코텍에 있는 〈넵튠의 말들〉 앞에서 오래도록 서성였던 기억이 떠올랐다. 유럽 여행의 첫 도시였던 런던의 내셔널 갤러리에서 시작된 미술관 순례의 일환이었다. 역사적 유물에는 관심이 많았지만 미술의 경우 'ㅁ'도 모르는 천둥벌거숭이나 다름없었다. 그래도 어디서 이름은 들어본 적 있는 다빈치, 라파엘로, 루벤스, 반 고흐, 피카소, 모네, 르누아르 같은 화가들의 그림을 직접 본다는 사실이 마냥 신기해서 즉시 빠져들게 된 영역이었다. 작가의 유명세를 막론하고 아름다운 울림이 있는 작품을 본다는 사실이 참 황홀했다. 어쩌면 이렇게 절도있고 아름답게 파도와 말을 융합시켜 표현할 수 있었을까 감탄하느라 잠시 그 앞을 떠나지 못했던 그림이 바로 〈넵튠의 말들〉이었다.

진하게 우러난 실론에 따뜻하게 데운 우유를 부었다. 뾰족한 맛들이 훨씬 더 많이 우러났을 테지만 우유 속으로 다 스며들어 한없이 순하고 부드럽게 느껴졌다. 그런 가운데에도 고유의 특성은 잃지 않았다. 오히려 희미했던 감칠맛이 강하게 되살아나고 세련된 맛이 매력적으로 미각을 사로잡았다. 이번엔 카리스마 넘치는 바다의 신 포세이돈의 모습과 비슷해진 셈이다.

아름다운 변신이다.

그나저나 포세이돈이 내 마음을 흔들어 더 생동감 넘치는 삶으로 이끄는 건 좋지만 바라건대 나의 다구장을 흔들어 넘어뜨리지는 말기를!

:: 호머 낭독(A Reading from Homer) | Lawrence Alma–Tadema | 1885

#28_벚꽃녹차
그들은 어디를 여행 중일까

오랜만에 아침 일찍부터 창문을 활짝 열었다. 오래도록 쬐고 있자니 따사롭다 못해 뜨겁게 느껴지는 햇살이 눈부시게 방 안으로 쏟아졌다. 신선한 공기를 들이마시며 창틀이며 책상과 책장 위에 쌓였던 먼지를 털고 바닥을 닦았다. 급작스레 들고 일어난 먼지에 놀란 호흡기가 재채기를 해댔다. 코가 간지럽고 찡해 손등으로 비벼가며 나름 정성을 다해 방구석까지 깔끔히 닦았다. 다 닦았다고 뿌듯해하며 겨우 허리를 펴고는 꽤 시커메진 걸레를 내려다봤다. 손이 닿아서 내 마음의 때도 이렇게 닦아낼 수 있다면 얼마나 좋을까, 혼자 중얼중얼.

평소에 잘 울리지 않는 전화기가 호들갑스럽게 울려대는 바람에 깜짝 놀라 확인했더니 상하이에 있는 친구가 예년보다 거의 한 달 일찍 벚꽃이 피기 시작했다며 보낸 사진들이 도착했다는 알림이었다. 오래도록 작은 액정 화면 속에 피어난 상하이의 벚꽃을 들여다봤다. 작고 화사하고 하얗기도 분홍이기도 한 예쁜 그것들을 들여다보고 있자니 이제 정말 봄이 왔다는 사실을 받아들여도 될 것 같았다.

그럼 나도 가만히 있을 수 없지. 때마침 냉장고에 좋아하는 가게에서 사온 딸기 케이크가 있음을 기억해냈다. 그리고 일본의 봄맛이라며 후쿠오카에 있는 친구가 보내준 벚꽃 향이 가득한 녹차를 꺼냈다. 거창하게 차린 것도 없는데 상큼하고 화사한 봄 냄새 물씬 풍기는 한 상이 내 작은 빨간 책상을 가득 채웠다. 여기에 자주 듣는 재즈 음악 채널을 틀

고 로렌스 앨마 태디마의 그림 덕분에 푹 빠져 읽고 있는 호머의 『오뒷세이아Odysseia』까지 꺼내 놓으니 뭔가 티타임이 완벽해진 것 같은 기분에 흡족함이 밀려왔다.

〈호머 낭독〉이란 그림에는 다섯 명의 젊은이가 등장한다. 그림에 보이는 리라나 시타라 덕분에 이들이 축제에 참여했다가 돌아왔음을 짐작할 수 있다. 월계수관을 쓴 청년이 깨알 같은 글씨로 가득한 두루마리 책을 들고 무언가를 청중들에게 설명하는 중이다. 아마도 낭독 중이던 작품에 자신의 의견을 덧붙이는 중인 듯하다. 나머지 네 명의 청중은 그의 낭독 솜씨와 입담에 감동받았는지 감화된 표정을 짓고 있다. 시원한 맛이 나는 젤리 같은 푸른 지중해 바다와 정말 어딘가에 존재할 것 같은 오래된 대리석 건물의 질감은 또 어찌나 생생한가!

궁금증에 찾아본 작품 설명에서 이 그림이 가지는 옥의 티란 장미라는데 19세기에나 등장한 종자라고 했다. 여기서 나의 상상력이 나래를 펼쳤다. 그림이 그려진 것이 19세기 말이니까 부유한 귀족 자제들이 그리스의 고급 호텔에서 코스튬 파티를 즐기는 것일 수도 있지 않을까 상상해 본 거다. 하긴, 그랬다면 그림 어딘가에 칵테일 잔이나 샴페인 병 같은 것이 등장했어야 할 것 같긴 하다. 게다가 앨마 태디마는 고전주의 화가로 고대 세계를 즐겨 표현한 화가였으니 딱히 퇴폐적 분위기가 나는 당대의 부잣집 도련님과 아가씨를 그리진 않았겠지. 만약 그랬다면 현실주의의 그림이 됐을 텐데, 생각하며 큭큭거리다가 그렇다면 과연 이들은 호머의 어느 부분을 낭독하고 있는 것인가, 라는 새로운 의문이 나를 사로잡았다.

그게 전부였다. 나는 즉시 도서관으로 달려갔고 두께가 4센티미터 정도 되는 『오뒷세이아』를 대출해서 가지고 와야만 했다. 작가의 유명한 다른 작품 『일리아드Iliad』와의 사이에서 갈등에 빠지기도 했으나 그것이 트로이 전쟁을 주로 다룬 서사시라는 것을 알게 되니 선택이 쉬웠다.

베고 자도 될 정도로 묵직한 시집을 한 손에 들고 압도당하긴 했다. 도대체 어쩌자고 이 무거운 책을 빌려온 것인지. 이제 삼천 년이 다 되어가는 옛 영웅의 서사시를 참을성 있게 다 읽을 수나 있을지. 한때 시와 시인을 흠모하고, 잠 못 드는 밤에는 자물쇠 달린 노트를 꺼내어 뜨거운 마음을 시로 써내려가기도 하고, 시집 한 권 없이는 어디에도 가지 않던 시절이 있었던 것 같은데, 그런 나는 어디로 가고 이제 시는 한 줄도 읽지 않는 내가 되었는가를 한탄했다. 세월이라는 바람과 파도에 실어 떠밀려 보냈지 뭐. 그런데 또 생각해보면 옛 영웅의 서사시를 읽으려 한다는 사실 자체가 시의 세계로의 회귀 같기도 하고. 『오뒷세이아』 역시 전쟁을 마친 오디세우스가 무려 십 년에 걸쳐 갖은 고난과 모험을 통과해 집으로 돌아오고, 그가 떠났던 사이 생긴 문제들을 해결하고 정착한다는 이야기가 아니던가. 걱정과 달리 서사시는 몹시 흥미로웠다. 펼치고 첫 행을 읽자마자 즉시 오디세우스의 매혹적인 모험에 빠

져들었다.

오디세우스의 아들 텔레코마스는 정절을 지키는 어머니 페넬로페를 괴롭히는 수많은 청혼자들을 물리칠 방법을 궁리하는 한편으로 아버지의 생사를 알아내기 위해 길을 떠난다. 사실 오디세우스는 트로이 목마를 고안해내 전쟁에서 영웅이 되어 귀향길에 올랐건만 포세이돈의 아들을 장님으로 만드는 바람에 미움을 사 부하들과 고초를 겪는다. 모든 기억을 잊어버리거나 산 채로 잡아먹힐 위기에 처하거나, 사이렌을 만나 위험에 처하기도 하고, 마녀가 부하들을 돼지로 만들고, 지하세계에 내려가 죽은 예언자의 신탁을 받아오기까지! 결국 부하들을 다 잃고 표류한 곳이 님프 칼립소의 섬이다. 그녀는 그가 오매불망 부인 페넬로페를 그린다는 사실을 알면서도 그에게 집착했다. 뗏목에 의지해 겨우 그곳을 빠져나온 그는 이제 나우시카 공주의 도움으로 자신의 고향으로 한 발짝 더 다가갈 수 있는 발판을 마련하게 된다.

그의 파란만장한 모험 이야기는 누구든 훅, 빠져들 수밖에 없다. 위에 몇 줄로 요약된 내용이 시로는 (총 스물네 권 중) 열다섯 권에 달하는 내용이다. 이 책의 저자인 호메로스는 천부적인 소질을 타고 났다고 생각되는 것이 서사도 서사지만 고난과 평온과 쾌락과 슬픔 같은 내용을 떡 주무르듯 주물러 독자가 눈을 뗄 수 없을 정도로 흥미롭게 이어간다.

사실 나도 이 티타임을 만끽하기 전까지 약간의 모험을 했다. 신경써서 들고 온다고 했음에도 기나긴 여정이 고난이었던지 완벽하게 아

리따운 자태를 뽐내던 케이크의 미모에 약간의 흠집이 가 있었다. 정돈
하느라 손에 크림이 잔뜩 묻어 씻으러 세면대로 가다가 젖은 바닥에 제
대로 미끄러져 두개골이 흔들릴 정도로 심하게 엉덩방아를 찧었다. 머
리까지 부딪치지 않은 게 어디냐며 위로했지만 엉덩이는 한동안 욱신
거렸다. 그래도 고난 뒤의 행복은 꿀 같다지, 벚꽃향이 가득한 녹차는
상큼하고 달콤한 딸기 케이크와 약간의 묵직함이 가미된 바나나 초콜
릿 케이크와 환상의 '케미'를 자랑했다. 봄의 산뜻함이 입속에서 팡팡
터져 온 몸으로 퍼져 나가는 기분이 너무 좋았다. 고통조차 스르르 눈
녹듯 사라졌던 순간.

만족감을 느끼며 다시 책을 펼쳤다. 그리고 포트가 비워지고 접시 위가 말끔해졌을 즈음 비로소 이 대목을 만났다.

이렇게 말하고 그가 다시 앉자 텔레코마스는 훌륭한 아버지의 목을 끌어안고 슬피 울었다. 그러자 두 사람 모두에게 비탄하고 싶은 욕망이 일었다. 그래서 그들은 새들보다도, 이를테면 아직 깃털도 나기 전 보금자리에 있는 새끼들을 농부에게 빼앗겼을 때의 바다 독수리나 발톱 굽은 독수리들보다도 더 하염없이 엉엉 울었다.
－오뒷세이아, 호메로스, 천병희 역, 숲, p.391

얼굴도 모르는 아들과 아버지가 서로를 알아본 순간. 〈호머 낭독〉 속 낭독자는 이 부분을 읽은 뒤 아직 여운에 젖어 촉촉한 눈으로 생각에 잠긴 자신의 청중에게 이 부자의 격렬한 감정에 부연설명을 달고 있음이 분명했다. 두루마리는 아직 꽤 남아 있고 이제부터 이어지게 될 페넬로페와의 상봉 및 그들이 함께 잃어버렸던 가족의 삶을 찾아가는 여정도 남아 있었으므로.

티포트에 뜨거운 물을 한 번 더 가득 채워야겠다. 그리고 그들과 나머지 여정을 계속해야지.

:: 므네모시네(Mnemosyne) | Dante Gabriel Rossetti | 1881

#29_르완다 홍차
당신의 꿈과 사랑과 기억

정확히 언제인지 기억나지 않지만 아주 어렸을 때부터 나는 내가 작가가 될 것임을 알고 있었다. 어른들의 입김이 작용하거나 TV를 보다가 의사나 고고학자 같은 것으로 슬며시 바뀐 적도 있었지만 변하지 않는 것은 글을 쓴다는 것이었다. 그러니까 의사라도 글 쓰는 의사, 고고학자라도 모험을 생생하게 글로 써서 발표하는 고고학자처럼 말이다.

여러 가지 글 쓰는 직업 중에서도 나는 소설가가 되고 싶었다.

쭉 그 꿈으로 접근하기 위해 애써왔고 자신이 진정으로 뭘 하고 싶은지 모르겠다며 괴로워하는 젊은 영혼들의 부러움을 샀던 적도 있다. 이십대 중반에 비록 소설은 아니지만 첫 책을 냈다며 우쭐하기도 했다. 성공의 파랑새가 손을 뻗기만 하면 잡힐 것 같았다. 하지만 첫 책은 1쇄만 소진(5년 넘게 걸렸다)하고 절판됐고 아무리 노력해도 시간만 흐를 뿐 내 꿈은 이루어지지 않는 것 같았다. 두 번째 책을 내기까지는 8년이란 시간이 걸렸다. 매년 다양한 공모전에 소설을 응모했지만 당선자 명단에는 늘 다른 누군가의 이름이 적혀 있었다. 그렇게 한 해 한 해 시간이 흘러갔고 나이는 따박따박 먹어갔다. 많은 사람들이 마법의 주문처럼 읊어대듯 나이란 숫자에 불과하다면 좋으련만 그만큼의 책임과 의무가 반드시 따라온다. 그리고 많은 경우 그건 금전적인 것과 연결된다. 하나밖에 없는 동생이 결혼하는데 기왕이면 넉넉하게 축의금을 주고 싶고, 사랑하는 조카가 생겼으니 예쁜 옷도 사서 입히고 싶다. 그럼 뭐하

나, 데뷔조차 하지 못한 소설가에게 수입이 있을 턱이 있나. 그즈음에 알게 된 것 같다. 너무 강력한 자기 확신은 딱 그만큼 영향력 있는 자가 당착으로 이어지는 지름길이라는 사실을. 간절한 꿈이 순식간에 끔찍한 악몽으로 돌변할 수 있다는 것도. '소설가'라는 꿈 하나만 바라보고 달려오다가 나의 평범하게 먹고 사는 삶이 위협 당하기 시작하자 등단에 대한 강박은 이제 좀 내려놓았다. 죽기 전에 데뷔라도 할 수 있으면 다행이고 아님 말고.

그럼에도 불구하고 나는 여전히 소설을 쓴(전에 비해 다소 슬렁슬렁한 태도로)다. 어느 순간 머릿속으로 찾아든 이야기들이 내가 꺼내어 써주기 전까지 떠나지 않고 그곳에 머무르며 시끄럽게 떠들기 때문이다. 신기하게도, 사소한 것들을 까먹는 게 늘어가는 추세인데도 소설에 관련된 사항은 밭 갈기 싫어 움직이지 않는 고집스런 황소마냥 뚝심 있게 그곳에 버티고 있다. 아무래도 그쪽 기억의 영역만은 뮤즈들의 어머니인 므네모시네의 비호를 받고 있음이 분명하다.

그녀는 기억을 관장하는 여신으로 티탄족의 한 명이다. 기억력이 발휘되는 일이라면 뭐든지 영향력을 행사한다. 헤시오도스에 의하면 제우스와 아흐레 밤낮을 함께하며 아홉 명의 뮤즈를 낳았다고 한다. 하지만 그 이전의 기록들을 찾아보면 아홉이 아니라 연습, 생각, 노래를 관장하는 셋을 낳았다고 하는데 나중에는 구체적인 예술의 분야와 역할로서 서사시, 희극, 비극, 종교 찬가, 야한 시, 서정시, 합창과 춤, 역사, 천문학을 담당하는 아홉 명의 뮤즈로 더 세세히 나뉘었다.

단테 가브리엘 로세티가 자신의 뮤즈인 제인 모리스를 므네모시네로 표현했다. 친구의 아내였던 그녀를 대놓고 뮤즈라고 칭하는 게 예의에 어긋난다고 생각했던 것일까, 아니면 그녀를 영원히 기억하며 사랑하겠다는 일종의 다짐 같은 거였을까. 그가 기억에 대해 고뇌한 흔적을 살펴보자.

Is Memory most of miseries miserable, (기억은 대부분 비참한 고통인가,)
Or the one flower of ease in bitterest hell? (아니면 쓰디쓴 지옥 속 한 송이 꽃의 위로인가?)

둘의 사랑이 주로 1870년대에 이뤄졌던 것을 생각하면 그림이 완성된 1881년에는 이제 막 사랑이 끝나고 힘들었던 시기일 것이다. 원래 이 그림의 제목도 〈므네모시네〉가 아니라 기억이라는 의미를 가진 이탈리아어 〈Ricordanza〉였다고 한다.

참 기묘한 사랑이다. 제인 모리스는 단테 가브리엘 로세티의 강력한 뮤즈였지만 결국 므네모시네, 즉 기억으로만 남겨둘 수 있었던 것이다. '쓰디쓴 지옥 속 한 송이 꽃의 위로' 같은 쓸쓸한 사랑의 여운을 끊을 겸, 단 한번도 마셔보지 않았기에 나에게 그 어떤 기억도 존재하지 않

는 르완다의 홍차를 맛보기로 결심했다.

사실 르완다의 경우 차 생산이 시작된 것이 1950년대 초반이다. 1995년까지만 해도 5,414톤이던 생산량이 2010년에 23,000톤 이상으로 훌쩍 뛰었다니 주목할 만한 발전이다. 1년 내내 16~21도 정도의 온화한 기후는 차나무 생장에 적합하다. 그리고 다원이 있는 지역은 '수천 개의 언덕이 있는 땅'으로 알려졌는데, 고도가 매우 높을 뿐만 아니라 화산지대의 토양을 가지고 있다고 한다. 무엇보다도 차가 맛이 없었다면 그렇게 생산량이 증가할 수 없었을 것이다.

처음으로 포장을 뜯고 건차를 관찰했다. 'CTCCut, Tear, Curl'타입이었고 뭔가 금빛 얇은 잎들이 섞여 있었다. 겉모습부터 이국적인 느낌이 강하게 들어서 과연 어떤 맛일지 기대됐다. 뜨거운 물을 붓고 CTC의 특성상 침출력이 좋으니 오래 기다리지 않았다. 황금빛 테두리의 맑고 붉은 탕색은 남국의 일몰을 연상시켰다. 홍차 특유의 산화 향기를 뚫고 올라오는 대지의 냄새와 꿀 향기의 독특한 조화라니, 더 이상 참을 수 없다는 기분에 후다닥 잔을 비웠다.

더덕이나 인삼 같은 뿌리채소에서 날 법한 독특한 풍미가 삽미와 함께 살짝 봄날의 미풍처럼 미각을 자극했다. 잔속의 찻물은 그토록 붉고 강렬했지만 그에 비해 순하고 부드러운 맛이다. 화산지대라는 토양에서 뽑혀져 나온 특성이 아닐까.

흥미롭게 밀려든 맛이 썰물처럼 나간 자리에는 달콤한 기운이 다시

🫖 르완다 홍차는 1950년대부터 생산이 시작됐다. 화산지대의 토양에서 생산되는 차로 독특한 풍미를 자랑한다. 아프리카에서 차의 역사는 1903년 아쌈 품종 씨앗을 케냐로 가져와 심은 것에서 시작됐다. 남아프리카공화국에서 생산되는 루이보스는 그곳의 침엽수 잎을 사용한 것으로 차가 아니라 인퓨전의 한 종류이다.

한차례의 미풍으로 지나갔다. 연거푸 잔을 비우면서 내린 결론은 참 독특한 맛이라는 것. 어떻게 보면 당대의 수많은 예술가들에게 뮤즈로서 명성이 자자했던 제인 모리스가 가진 느낌과 닮았다.

아무래도 로세티는 그녀와 나눈 사랑을 고귀하게 기억하고 싶었던 것 같다. 그래서 그저 평범한 기억Ricordanza이 아닌 여신 므네모시네Mnemosyne라는 제목을 선택한 것이 아닐까. 둘의 사랑이 정확히 어땠는지

제3자인 우리는 알 길이 없지만 그녀로 인해 로세티가 남긴 많은 작품들을 감상하는 건 달콤한 즐거움이 아닌가.

글이 안 써질 때면 나타나지 않는 뮤즈를 탓했던 적이 있다. 그런데 결국 그 뮤즈라는 것의 기본 원형은 연습, 생각, 노래였다. 많은 연습을 통해 기본기와 실력을 다지고, 깊은 생각을 통해서만 노래든 뭐든 작품을 창작할 수 있다는 말이다. 솔직히 그건 벼락같이 찾아온 뮤즈의 힘으로 하룻밤 만에 작품을 만들어냈다는 이야기보다 지루하게 들릴지도 모르겠다. 내 귓가에 세상에 없었던 끝내주는 소설을 속삭여주는 뮤즈란 존재하지 않는다. 오직 정직하게 많이 읽고 많이 쓰고 많이 경험해서 그걸 엮어낼 서사를 깊이 생각하고 거기서 나온 결론으로 작품을 착실히 쓰는 그 과정 자체가 뮤즈인 것이다. 그런 의미에서 지금의 내 단계는 깊은 생각.

므네모시네의 보호 덕분에 내가 일상적 자아와 예술가적 자아의 균형을 맞추며 살아가는 동안에도 나의 뮤즈는 무사할 것이다. 그렇다면 언젠가는 작품으로 표현되어 나오겠지. 그게 세상에 나오고 사람들로부터 사랑을 받느냐 마느냐는 또 전혀 다른 차원의 이야기이니 아예 말을 말자. 비록 나의 꿈인 소설가는 아직 되지 못했지만 어쨌든 나는 글을 쓰며 작가로 살아가고 있다. 제인 모리스 같은 뮤즈는 없다. 그런데 왠지 있어도 정신적으로 혼미하고 피로할 것 같으므로 괜찮다. 입 안에 맴도는 이국적인 르완다 홍차의 달콤함으로 만족스러운 지금은 더욱.

:: 스핑크스의 질문자(The Questioner of the Sphinx) | Elihu Vedder | 1863

#30_백모단

의미의 재구성

여기 굉장히 유명한 수수께끼가 하나 있다.

질문 : 아침에는 네 다리로, 낮에는 두 다리로, 밤에는 세 다리로 걷
   는 짐승은?
정답 : 아기였을 때는 기어 다니고 서기 시작하면 걷고 늙으면 지팡
   이를 짚고 걷는 '사람'!

이 문제를 낸 것은 사람의 머리에 사자의 몸을 한 스핑크스라는 괴물
이었다. 그렇다면 혹시 이 수수께끼를 처음으로 푼 사람이 누구인지 아
시는지? 그의 이름은 오이디푸스.
   내가 저 수수께끼의 존재를 알게 된 것은 한글을 읽기 시작하고 얼마
되지 않아서 집에 있던 학습 만화 전집 중 한 권을 통해서였다. 이런 질
문에 대한 대답을 생각해내고 사람들을 괴롭히던 괴물을 처치하기까지
하다니 오이디푸스는 참 탁월한 사람이구나, 느꼈다면 순 거짓말이고
외모가 파격적이었던 괴물 스핑크스만 기억에 남았다. 그렇게 탁월한
사람의 이름은 잊혀졌다. 어른이 되어 정신분석학의 프로이트가 발표
했다는 오이디푸스 콤플렉스라는 정신분석 용어를 만나기 전까지는 말
이다.
   오이디푸스는 테베의 왕 라이우스의 아들로 태어났다. 그런데 라이

우스는 이전에 신들의 심기를 불편하게 한 적이 있어 자신의 아들에게 죽임당할 뿐만 아니라 그 아들이 부인과 결혼하는 벌을 받을 거라는 신탁을 받은 참이었다. 그래서 그는 아들이 태어나자마자 사람을 시켜 어디 멀리 데리고 가서 죽이라고 했다. 당연히 그는 그 명령에 불복종했고 아기는 이웃나라의 왕족에 입양되어 장성한다. 하지만 탄생의 비밀을 모른 채 아버지를 죽이고 어머니와 결혼하리라는 신탁을 들은 그는 즉시 그 나라를 떠난다. 여행 중에 길을 지나는 일로 시비가 붙어 살인을 하게 되는데 그게 라이우스였다. 자기도 모르는 채로 아버지를 죽인 셈이다.

당시 테베는 길을 막고 이상한 수수께끼를 낸 뒤 못 맞추면 죽이거나 잡아먹는 스핑크스라는 괴물 때문에 말썽이었는데 왕좌도 공석이었기에 괴물을 처치하는 사람이 왕이 될 수 있다고 공표가 난 상황이었다. 오이디푸스는 스핑크스가 낸 문제를 쉽게 풀어냈다. 그러자 수치심과 분노를 이기지 못한 스핑크스가 절벽으로 떨어져 자살했다. 사람들은 그를 왕으로 추대했고 역시 모르는 채로 자신의 어머니 이오카스테와 결혼해서 테베의 왕좌에 앉았으며 아들 둘과 딸 둘을 낳아 길렀다.

그러던 어느 날, 테베에 전염병이 심하게 돌자 사람들은 신들에게 이유를 물었고 오이디푸스의 진실에 대해 알게 된다. 이에 이오카스테는 자결하고 오이디푸스는 자신의 두 눈을 찌르고 방랑길에 올라 세상을 떠돌다가 비참한 최후를 맞는다.

🫖 백모단은 중국 복건성의 복정, 정화, 송계에서 생산되는 백차의 한 종류다. 찻잎이 우러나는 모양이 마치 모란꽃 같다고 해서 이런 이름이 붙었다. 은백색의 싹과 하얀 털이 보송보송한 비교적 어린잎으로 만들며 봄, 여름, 가을 모두 만들 수 있다. 봄차가 가장 달고 상쾌한 맛이 나며 가을차에서는 다소 쓴맛이 감지되기도 한다.

오이디푸스 콤플렉스는 자식이 자신과 반대 성의 부모를 갈망하고 동성의 부모와 경쟁하며 심하면 제거하길 바란다는, 무의식에 나타나는 현상이다. 잠시 나타났다 해소되는 현상이지만 적절한 시기에 정상적인 애정관계를 통해 극복되지 않으면 매우 부정적인 영향을 미치게 된다는, '무의식' 혹은 '초자아' 같은 단어가 등장하는 꽤나 복잡한 개념이라는 정도로 설명하겠다.

프로이트란 이름이 주는 무거운 느낌에서 벗어나기 위해 차나 한잔 마실까 싶어 무슨 차를 마시면 좋을까 고민하다가 오이디푸스의 수수께끼에서 시작된 그와 나와의 관계가 어쩌다 마시기 시작한 차와의 관계와 비슷하다는 생각에 혼자 웃었다.

괴물을 처치한 영웅이라고 알았던 한 인물이 사실 우리 인간 세상에서 저지를 수 있는 가장 극악무도한 범죄에 속하는 죄악을 저지를 운명을 타고 나 결국 자신의 눈을 찌르고 미친 채 세상을 헤매고 다니는 괴팍한 노인으로 변했다. 게다가 그가 살아온 삶의 과정이 인간의 심리에서 어떤 심오한 현상으로 규정될 수 있다는 전문가의 의견에 대해서도 알게 됐다.

나에게 차는 이따금 사람들이 주면 받아 마시던 음료였다. 그런데 어느 순간부터는 내 인생에 너무나 깊숙이 침투해서 과장 조금 보태면 공기 마냥 없으면 못 살 정도가 됐다. 그게 뭐라고 더 알고 싶어 차를 둘러싼 이것저것에 대해 공부하기 시작하더니 제법 전문적인 소견을 갖춘 사람으로 거듭났다. 그래도 모자란 것 같아 이제는 중국어까지 배울 지경이 됐으니…….

세상의 많은 것은 끊임없이 의미가 새롭게 부여되며 해체됐다가 재구성될 수 있다고나 할까.

마음을 정했다. 백차의 특성을 잘 품었으면서도 적당히 날이 선 백모단을 마셔야지.

백모단은 백차의 일종으로 백호은침이라고 부르는 싹만을 취해 만드는 차의 채엽이 끝나면 다음에 나오는 1아1~2엽 정도를 채엽해서 만든다. 백모단 급의 채엽이 끝나면 노엽을 이용해서 수미라는 차를 만든다. 하나의 차나무에서 다른 등급의 차가 나오는 건 조금 일반적일 수 있으나 아예 특징이 뚜렷하게 다른 차들이 나온다는 점이 참 신기하다.

삼 년은 족히 지난 백모단에서는 한약방에서 맡을 수 있는 달착지근한 감초의 향기가 느껴졌다. 입에 척 얹어지는 느낌도 묵직했고 신차新茶와 달리 자못 심각하면서도 복잡한 맛을 냈다. 처음에는 맑은 연둣빛이던 찻물도 점점 짙고 붉은 기운을 띠는 갈색으로 변해갔다.

신들은 너무 가혹한 운명의 저주를 내린 것이 미안했던지 나중에 그가 죽어서 묻히는 땅에 축복을 주겠다는 신탁을 내렸다. 또한 오이디푸스가 세상을 방랑하는 동안 그의 딸 안티고네가 늘 함께였다고 한다. 끔찍한 패륜을 저지른 눈 먼 광인 오이디푸스를 꺼림칙하게 여기던 테

베에서 축복의 신탁 때문에 그를 다시 모셔가기 위해 애썼지만 오이디푸스는 테세우스의 환대를 고맙게 여겨 아티카 땅에 묻혔다고 한다.

어떤 예술 작품에서도 그가 유색인종으로 표현된 적은 없지만 엘리후 베더가 그린 〈스핑크스의 질문자〉를 본 순간 지친 여행자의 모습에서 오이디푸스를 떠올렸다. 환한 달밤이었을 것이다. 지팡이에 의지해서 찾아온 사막의 한가운데서 젊은 시절 자신이 처단했던 스핑크스의 거상을 만나는 장면. 한때 숭배하는 사람들로 북적였을 신전은 사막의 모래가 집어삼켜 폐허가 됐다. 숙명적 만남의 그날엔 주변에 시체들이 널렸지만 운명의 가혹한 장난이 끝난 지금은 백골만 나뒹굴 뿐. 늙고 지친 방랑자는 거상을 더듬어 스핑크스임을 확인하고 이 모든 세상만사의 허망함을 그때도 알았느냐고 묻는다. 스핑크스의 두터운 입술에 귀를 바싹 붙이고 뭐라고든 답을 해주길 기다려보지만 밤의 한기가 든 석회암의 차가움만 느껴졌으리라.

재미있는 건 엘리후 베더는 단 한 번도 이집트에 가보지 않은 상태로 이 그림을 그렸고, 대성공을 거두어 이름을 알리게 됐다는 것이다. 그의 나이 스물일곱이었다. 이후 그는 적을 이탈리아로 옮겨 활동했고 마침내 오십대에 이집트에 건너가는 기회를 잡아 강렬한 영감을 받아 인상적인 작품을 많이 남기지만 안타깝게도 생전에는 크게 주목받지 못했다고 한다.

오이디푸스도 베더도 한 시절을 풍미하고 그림 속 스핑크스 신전처럼 스러져갔다. 하지만 오이디푸스는 이야기로 베더는 작품으로 후대에 회자되고 있다.

둘의 삶을 보면 어렴풋이나마 알 수 있듯 좋은 시절도 있고 나쁜 시절도 있고 인간의 힘으로는 제어가 불가능한 어떤 거대한 힘이 짜놓은 시나리오를 거스를 수 없는 시절도 있다. 그나마 확실한 것은 백모단은 시간이 지날수록 맛이 깊어지고 백차가 지니는 특유의 약성이 강해진다는 점이다. 나 또한 나와 차의 운명이 앞으로 어찌될지 모르겠지만 부디 오래도록 백모단과 함께 깊고 풍부해질 수 있기만을 바랄 뿐.

그거 하나면 충분하지 아니한가.

화畵요일의 티타임

서른 편의 차·그림·신화 이야기

2017년 10월 25일 초판 1쇄 발행

지은이 | 노시은
펴낸이 | 김환기
펴낸곳 | 도서출판 이른아침

주소 | 경기도 파주시 회동길 445-1 경인빌딩 B동 402호
전화 | 02-3143-7995
팩스 | 02-3143-7996
출판등록 | 제 313-2003-00324호
이메일 | booksorie@naver.com

ⓒ 노시은 2017
ISBN | 978-89-6745-074-8 03810